紅一点主義◆目次

◆男性たくさん紅一点

紅一点主義

◆男性たくさん紅一点

羽田の秘密

私は普通の人よりも、ずっと多く羽田空港を利用していると思う。だいたいの間取りといおうか、建物の輪郭がわかっている……というのは、なんという思い違いだったのであろうか。

先日、九州柳川の白秋祭へ行った。実はその際、飛行機の時間を間違えて乗り遅れた私。一緒に乗るはずだった友人に連絡をし、とにかくJASのカウンターへ行き、次の福岡行きの時刻を見た。二時間半後である。諦めて他の航空会社で向かうことにした。が、そこではたと気づいた。航空会社の電光掲示板は自分のところしか映していない。JASのカウンターに立ち、JALやANAの時刻を調べることは不可能である。困った。私はインフォメーションのカウンターに走った。

「一時間後に、ANAがありますよ」

親切に教えてもらい、急いでANAのカウンターへ向かったが、その遠いことといったらない。

ご存知だと思うが、羽田空港は、真中にＪＡＬのカウンターがあり、向かって左端がＪＡＳ、右端がＡＮＡとなっている。そこの航空会社のチケットを持ち、カウンターからいちばん近い入口から中へ入ればどうということもないのであるが、変更となると大変だ。空港の端から端まで、尋常でない距離を歩むことになる。（一九九八年当時）

歩けども歩けども行きつかない。ようやくＡＮＡのカウンターにたどりつき、発券してもらって、今度はＪＡＳに引き返す。航空券を払い戻してもらおうと思ったのだ。

そこで〝ハヤシさん〟と声をかけられた。なんととっくに福岡へ発っているはずの友人である。一便遅らせたという。

「やっぱり一緒に行こうっていうことになったの。その方が楽しいから。ハヤシさん一人で、福岡から柳川へ行くの可哀相でしょ……」

彼女はチケットを私の分まで手にしている。

「ハヤシさんの分も変更して貰ってあるのよ」

今度はＡＮＡのカウンターへ戻り、チケットを払い戻してもらうことになった。羽田の端から端まで二往復、というのはかなりきつい。再びＪＡＳカウンターのところへたどりついた時はうっすらと汗をかいていた。

私はよく夫に、

「あそこまでどのくらいかかる？」

という質問をする。すると、

「キミの足では……」

必ず前置きが入る。普通の人より二倍時間がかかるということらしい。その私が二往復したのだから、手続きの時間も含めて小一時間かかってしまった。

これはおとといのことである。仕事で四国へ行くことになった。朝早い便なので、向こうで時間が余ってしまう。もっと遅く行けないかしらとハタケヤマに言ったところ、時刻表を見てくれた。

「今持っているのはＪＡＳのチケットですけど、ＡＮＡに変えれば大丈夫ですよ」

十時半出発ということで、九時に無線タクシーを呼んでおいた。昼間はモノレールで行くことにしているが、朝のこの時間だと車の方がずっと早い。高速に乗り、四十分足らずで着いてしまう。ところがその日は土曜日ということもあり、行楽へ向かう車で、道路はどこも大渋滞である。羽田に到着したのは十時過ぎであった。

まずＪＡＳのカウンターへ行きたいところであるが、夫の言う「キミの足では……」を配慮して、とにかくＡＮＡに向かった。

「お客さま、ＪＡＳの方にいらして手続きすれば、そのままチケットが使えますよ。まだ時間がございますから、先にいらしたらいかがですか」

冗談じゃない。私の足では往復に二十分はゆうにかかる。搭乗手続きの〆切りは十五分後だ。間に合うはずはない。

「とにかく早く、発券してください」

チケットを手にすると、いくらか気持ちに余裕が出てきた。出発二十五分前だ。四国で払い戻しするよりこちらでした方がいいのではなかろうか。

私はよせばいいのに、てくてくとＪＡＳに向かった。カウンターに短い行列が出来ている。私の前の女の人が、ひどく時間がかかった。ようやくチケットを渡し、手数料を引いた現金をもらった。歩き始める。ＡＮＡのカウンターは、人混みのはるかはるか遠くだ。私はついふらふらと、いちばん近い出発口に入ってしまった。

「お客さま、ここからお入りになると、遠まわりになりますけどよろしいですか……」

そこの女性がせっかく声をかけてくれたのであるが、私は彼女の言う意味が全くわからなかった。

「どうせ右の方へ向かえば、ＡＮＡの搭乗口へ行くんでしょ」

ところが行けども行けども、番号が増えてくれないのである。

そして案内図を見た私はわかった。羽田空港というのは、中の通路が馬蹄《ばてい》型をしているのである。磁石の形、といってもいい。Ｕ字型を逆さにし、その中身がカフェテラスになっている。

おまけに私が行くべき搭乗口は20番である。空港のいちばん右端だ。必死に歩いても、目に入るのは14―15という数字である。Uの字を大きくまわってるからだ。とにかくすごい形相で「動く歩道」の上を歩く。

アナウンスが入った。

「○○行き○便、もうじき出発いたします。お急ぎください」

私は走った。名前を呼ばれたりしたら目もあてられない。走る私にもう一度かぶせるようにアナウンスが聞こえる。

「もうじき出発いたします」

時間を見る。なんと三分前になっている。走った。ハイヒールで必死に走った。しかし私の走り方というのは、上下運動をするばかりで、少しも前に進まないと人は言う。まるで古い映画を見ているように、風景がゆっくりと通り過ぎていく。ようやく18というゲートが見えてきた。

もうじきである。あ、20という電光掲示板の下のゲートが閉められようとしている。

「待ってえ、待ってくださあい」

チケットを片手に持ち、高く掲げてヒラヒラさせながら私は叫んだ。

間一髪でゲートに滑り込む。

全く羽田空港というのは、なんという広さであろうか。しかし、いつもこれほど効率悪く歩いている人も珍しいかもしれぬ。

私の書く場所

今週は珍しく仕事の話です。この二カ月ぐらい、かなり仕事をサボっていた私である。サボっている、というと聞こえが悪いが、いつもに比べてずっと仕事量をセーブしていた。今までどおりエッセイの連載は幾つか続けているが、小説の連載をやめていたからである。デビューして以来、これほど長いこと小説を書かなかったことは初めてだ。というのも、最近まで週刊誌の連載を全く切れ間なく書いていてそれがものすごく大変だったからである。

たぶん他の作家の人もそう言うと思うけれども、週刊誌の連載がいちばんつらい。新聞の連載小説を書くよりもずっとつらい。十八枚から二十枚というまとまったものを毎週渡さなくてはならないからである。

月曜日、火曜日は他の連載や対談で忙しい。油断していると、あっという間に木曜日、金曜日になってしまう。

「今週分の原稿、徹夜してお待ちしています」

といった編集者のファックスが流れてきて、さすがの私もいても立ってもいられなくなる。金曜日の深夜までに何とか書き上げる、という日常が続くと、身も心もへとへとになってくるのだ。

おまけに私は安請け合いを平気でする。

「ハヤシさん、『週刊A』の連載が終ったら、うちでお願いします」

と「週刊B」の人から言われ、

「いいですよ」

とあっさり承知してしまった。こういう連載は何月何日号スタートと始まりがしっかりと決められる。ところが前の「週刊A」の連載が長びき、最終回の次の号から「週刊B」の連載が始まることになってしまったのだ。一週も休まず全く別の小説を書くというのはとてもむずかしく、まだ登場人物も私の中で動き出してはくれない。プロットも固まらない。それでも一週、二週と書いているうちに、どうやら目鼻がついてくる。

その「週刊B」の連載もどうやら終った時、私は心からほっとして、ほんのちょっとの間でもいいから小説はお休みしようと思ったのだ。ちょうどニューヨーク、ロサンゼルスへ行く仕事もあった。帰ってきてバタバタしていると、別の編集者から電話がかかってきた。

「ハヤシさん、うちの連載、お忘れじゃないでしょうね」

私は秋から、二つの雑誌で連載の約束をしていたのである。が、何のストーリーも考えていない。

やっとのことで連載一回めの三十枚を書いた。ところが安請け合いの私は、別のところでもいっぱい約束をしていたらしい。中間小説誌で五十枚と四十枚とを確かに書くといったという。

「私はそんなこと、全然憶えていない」

と抵抗しても無駄である。私の性格を知り抜いている編集者は、この頃簡単な覚え書きを交すようになっていたからだ。

「ハヤシさん、夏頃、いいわよ、秋になったらヒマになるはずだから書きます、って言ってましたよ」

とハタケヤマも証人になる。

というわけで、私はこのところどこへ行くにも原稿用紙を持ち歩いているのだ。

こんなことを書くと、やたら忙しぶってイヤらしいのであるが、私たちの仕事の嬉しいところは、いやいやながらペンを持ったり、パソコンの前に座っても、書いていることがやがて快感に変わることだ。その時が来るまで、辛抱強く待たなくてはならない。

ある流行作家の人が、

「僕はね、どんなに銀座で遅くまで飲んでいても、今日家に帰って小説を書けると思うと、嬉しくて嬉しくて身が震えるんですよ」

と言ったことがある。先日は某文学賞の授賞式で、受賞した作家が、

「七年ぶりに書きましたが、小説を書くのはやはり楽しいですね」

と挨拶なさった。私も同感である。

私はいつ、どんな時でも書ける、という特技を持っている。ついこのあいだ夕方五時半に用事が終り、次の八時の待ち合わせまで少し時間があった。それがわかっていたので、紙袋の中に書きかけの原稿を入れておいた。場所は銀座である。銀座も最近、ファーストフード系の喫茶店が増えて、長居するのにとても苦労する。しかし私は、かねてより目をつけていたお店があった。八丁目にある高級店で、ここは銀座のホステスさんがお客さんと待ち合わせのために使うところである。入っていくと店はガラガラで、私は奥まった四人席に座った。思いのほか筆が進んで、小説の書き出しが十枚ほど書けた。途中でコーヒーのお替わりを頼む。が、七時を過ぎるにしたがって店は次第に混んできて、私は半には立ち上がってしまった。小商いの家に生まれた私はこういうところ、実に気が小さい。すぐに居たたまれない思いになるのだ。よく喫茶店で原稿を書く人がいるが、私は一時間半が限界だろう。

隣りに人がいないこと、〝のぞみ〟ではなく揺れが少ない〝ひかり〟というのが条件

であるが、新幹線での原稿書きもとてもはかどる。つい先日、仕事で名古屋までいくことがあった。この時はもう〆切りがさし迫っていて、もうミエも外聞もあったもんじゃない。隣りに誰が座ろうとも、絶対に原稿を書こうと決心する。

が、出来るなら若い女性などではなく、私の本など手にとったこともなければ、活字に興味を持たないようなお年寄りがいいなと思う。あれこれ思案しているとやがて、駅員に助けられて、車椅子の女性がやってきた。まだ若い美人である。途中で気づいた。「車椅子の花嫁」として有名な鈴木ひとみさんである。この方はモデルをしていた際に交通事故にあい、ずっと車椅子生活となったが、変わらぬ愛を誓った前からの恋人と結婚し、とても幸せな生活をおくっている。といっても、私はそのことを雑誌の記事でしか知らないのであるが、とても初対面という気がしない。お隣りに座ったのも何かの縁と図々しく話しかけた。鈴木さんも私の本を何冊も読んでくださっているということで、話が盛り上がり名古屋に着いた。これから講演に出かけるという鈴木さんとホームで別れ「また会いましょう」と手をふる。原稿はまるっきり書けなかったが、もちろん残念ではない。こういう出会いはその何百倍も価値がある。

カンカンガクガク

晩秋のパリは、マロニエの葉が黄色く染まり、映画の一シーンを見ているような美しさである。

ノエルが近づいていて、シャンゼリゼ通りは夜になるとイルミネーションが灯る。いろんな店の前にクリスマスツリーが飾られ始めた。

パリに「パリ日本文化会館」があり、そこの館長が磯村尚徳さんだということは日本ではあまり知られていない。ミッテラン前大統領と鈴木善幸さんとが、日仏首脳会談の際に決めたものだそうだ。セーヌ河を見渡せるところに、それはそれは立派な会館がある。ここからさまざまな日本の文化が発信されていくのだ。中へ入って驚いた。日本の本やグッズを売る売店は人がいっぱいだし、ビデオの前は若者がたむろしている。

「伝統と革新――萩焼400年展」を開催中のため、萩焼の製作工程のビデオを流している。それをジーンズ姿の普通の若者が喰い入るように、見つめているのだ。

磯村さんによると、フランスは今、未曾有《みぞう》の日本ブームだそうだ。小津の映画をかければ人は詰めかけるし、狂言や浄瑠璃に大反響があったという。

「ハヤシさんもぜひ講演しに来てくださいよ」

と昨年パリで偶然おめにかかった時お話があり、今回実現したわけである。日本の女性について喋って欲しいとおっしゃる。たぶんハヤシさんが来るとなると、パリ在住の若い女性がいっぱい押しかけるだろうが、それだけでは意味がない。フランス人に向けて、今の日本女性の本当の姿を話してくださいということで、これはむずかしいことになったと思った。

日本女性を語るといっても、都市の女性と地方の女性とではかなり違う。統計をあれこれ出して、乱暴にひとくくりにすることはしたくない。しかも八割か九割になるだろう日本人の聴衆にも満足してもらえる「日本女性」論とはいったい何なのだろうかと考えた結果、私の書いた現代小説のヒロインを通して、日本の女性像を切り取っていくことにした。

ちょうど私の書いた『東京小説』がフランスで出版されたばかりだ。これはひとつの都市を舞台に、五人の作家が短篇を書きおろすというフランスの出版社の企画である。私は合コンで知り合った男性に恋をする若い女性を描いた。東京に住む典型的な女の子を書こうとして苦心した……。

などということをレジュメともいえないメモ書きにしていったら、同時通訳の方々がそれをコピーして渡してくれとおっしゃる。

「いいえ、これは私がひとり憶えるためにメモしたもので、とても他人には見せられません」

と必死に抵抗したのであるが、シラク大統領の傍にもつくという通訳の方の貫禄に押し切られてしまった。今回の講演には同時通訳がふたり、日本人とフランス人の一流の方がつくというのだ。大変なことになってしまった。打ち合わせに一時間、私はメモを片手にひととおり喋り、終った時にはもう本番が終ったぐらいぐったりとなった。おまけにこの催しは二部構成になっていて、私の講演の後は、磯村館長、フランス国営テレビ社長のミシェル・コッタさんという女性と討論することになっているのだ。

しかし本当にそんなこと出来るのかいな。私の不安と緊張は時とともに昂《たか》まっていく。やがて時間となった。文化会館大ホールは大変な人出で、立見も許したがとても入りきらず、隣りの中ホールを開放してビデオ中継することになった。

なんとか講演が終り、シンポジウムが始まった。客席の一列目にはフランス人と在仏の日本人ジャーナリストもコメンテイターとして座っている。

やがて討論が始まるが、みなさん本当によく喋る。コッタ女史もすごいが、客席から反応するジャーナリストもすごい。知識、教養はもちろんのことであるが、頭の体力がとても私の比ではないという感じ。シンポジウムに出席する場合、日本でいちばん嫌われるのは、自分の持ち分を越えて長々と喋る人である。私はいつも手短に、とにかく控えめに、早めにを心がけてきた。

ところが彼女たちの場合はまるで違うのだ。時間の制限など全く関係ない。自分の言いたいことは延々と喋る。一度握ったマイクは手離さない。しかも中身があって聴衆を次第にひき込んでいく。

「ふーん、フランス人の討論好きというのは本当なんだなあ」

こういう風にして、自分の存在を強烈に主張していくのかと、私はすっかり感心してしまった。そして同時通訳の方の声に聞き惚れていると、突然、

「ハヤシさんはどう思われるのですか」

と振られるので、あわてるったらありゃしない。

しかも質問の時間になると、フランス人からたくさんの手があがる。

「ハヤシさんに聞きたいが、日本の知識人において、アメリカの文化はポジティブに考えられているのか。それともネガティブに考えられているのか」

「ハヤシさんに聞きたいが、最近日本の政治の表舞台に女性が立つことが多くなったが、あれは男性側のあやつり人形とは思わないか」

磯村さんの言葉は本当で、とても日本に詳しい人が多いのである。めったなことは答

えられない。やっとシンポジウムも終り、私はいつもの二十倍ぐらい疲れてよろよろ会場を出た。

夕食の席上、こちらの商工会議所の方が、ワインを飲みながらおっしゃる。

「ハヤシさんの前で失礼ですが、こちらの物を書く人は、書くのと同じぐらい喋る能力を持っていますな。作家でもジャーナリストでも、そっちを本業にしてもいいぐらい喋ることに長《た》けています」

日本では作家は、口ベタだったり寡黙である方が信用される。が、こちらでは許されないことらしい。ふーむ、日本のことをレクチャーしに来て、百倍ぐらい勉強した。今さらインテリにはなれないけれども何とかしなきゃ、と珍しく殊勝なことを考えた。

鈴木その子さん、ごめんなさい

二〇〇〇年十二月五日、鈴木その子さんが亡くなった。ずうっとお元気で、いつまでもあの白いお顔を見せてくださると思っていたのに、この突然の死には驚いた。

鈴木さんとはここのところ疎遠になっていたけれども、十六年前は毎日会う仲であった。ダイエットに精を出していた私は、東京にいる限り必ず「トキノ」で夕食を摂《と》っていたからである。

当時「トキノ」はまだ小さく、六本木の雑居ビルの中に入っていた。鈴木さんはここで油抜き料理のレストランを経営されていたのである。

『やせたい人は食べなさい』という本がベストセラーになっていたが、鈴木さんはまだ知る人ぞ知る程度の知名度だったと記憶している。

昼食はのり弁当、夕食は「トキノ」の油抜き料理を食べているうち、若かった私の体はあっという間に反応し、みるみるうちに体重が減ってきた。そして私はいつのまにか、「トキノ」の広告塔の役目を担うようになる。もちろん食事をタダにしてもらったわけでも、お金をもらったわけでもない。気がついたら鈴木さんと一緒にワイドショーに出たりするようになっていたのである。

鈴木さんはお礼のつもりか、ハンドバッグをプレゼントしてくれた。そしていつもめんどうをみてくれるハンサムな従業員のひとりを指さし、

「私の甥で慶応を出て、ここを手伝ってもらっているの。いずれは店を継がせようと思っているのよ、ハヤシさん、つき合う気はないかしら」

と有難いお言葉をくださったことがある。もしあの時うまくいっていれば、私がトキノ王国の後継者になったかもしれない……などというのは冗談であるが、どうしてダイエットの研究家というのは早死になさるんだろうか。

加山雄三さんのお母さん、小桜葉子さんもそうだったし、最近では『世にも美しいダイエット』を書いた、作家の宮本美智子さんの例もある。

美容を研究し、自分で自分の肌や体重をコントロール出来る意志を持つ人は、おそらく他のことも真面目で手を抜かないのであろう。睡眠時間を削ってでも仕事をするタイプに違いない。ストレスだって多いことであろう。

鈴木さんの早過ぎる（といっても、見た目よりずっとお年であったが）死を聞くにつけ、

私は自分のずぼらで根性なしの性格も、これはこれで仕方ないと思うようになってきた。

このあいだ行ったミラノで、私はそりゃあ我慢した。イタリアへ行きながらパスタも食べず、もちろんワインやデザートも手をつけなかった。

しかしパリとなると話は別である。前はパリに住み、今はニューヨークで暮らしている友人からファックスが届いた。

「せっかくパリに行くんだったら、うんといい男と歩いてくださいよ」

パリでいちばんハンサムなフランス人と、いちばんハンサムな日本人男性を紹介してくださるそうだ。

「そして彼らに、三ツ星レストランへ連れていってもらってください。すぐに予約を入れてくれるはずです」

そして私たちが行ったところは、最近三ツ星になったばかりのモダンなレストランである。十二時半から食事を始め、白、赤二本のワインを飲んだ。料理の内容はすっかり忘れているが、デザートが六皿も出たのを憶えている。中にはチョコレートケーキがあった。食べ終ったのは四時過ぎだ。

悩みながらも、デザートをみんな食べてしまった根性なしの私である。そのとたん私の体の中から、理性と克己心という言葉が消えてしまったのだ。

フランスは何もかもおいしい。朝食のカフェ・オレも、カゴいっぱいの焼きたてのパンもおいしい。ワインときたら、乾燥気味の空気の中で飲むと、内臓にしみわたるようである。

「ハヤシさん、今日は生ガキを食べましょう」

と誘われた。下町の気軽な店で、注文をすると外からカキを盛った大皿を運んでくる。茹《ゆ》でた小海老にアサリに似た貝もどっさり。そしてカンパーニュというパンを厚く切ったものに、エシレのバターが添えられている。エシレは高級バターで、日本に輸入されたものを買うととても高い。これをパンに厚く塗って口に入れ、カキを食べ、白ワインを流し込む。このおいしさといったらない。昼食だというのに、ぐいぐいやってしまう。

デザートのリンゴのタルトを食べ、時計を見ると四時近い。今夜は八時から夕食の約束があるのだ。何とかお腹をへらそうと、タクシーを使わず一生懸命歩く。

やがて八時、案内してもらったのはパレ・ロワイヤルの中の、歴史ある三ツ星レストランである。

「ここは有名人が座った席を表示してありますよ」

と招待してくれた人が教えてくれた。私の座る壁際に金色の文字で「ヴィクトル・ユゴー」と書かれていた。このような文豪の残り香に触れ、私も少しはましな作家になれるかもしれない。

さて前菜は、お奨《すす》めに従ってポテトのサラダを食べる。ポテトといっても、サイコロ状に切られたお芋の上に、びっしりと黒トリュフが敷きつめられていた。とても洗練された一皿だ。

主菜は鴨をいただく。オレンジソースのクラシカルな味だ。そして私がど肝を抜かれたのは、デザートのチーズの凄さである。私はチーズが大好物で日本でも必ずいただくが、これほど種類が揃っているところはまずない。トタン屋根ほどの大きさのワゴンに、あらゆるタイプのものが置かれているのである。青カビのチーズを残った赤ワインで流し込む、あの恍惚《こうこつ》感ときたら……。

そして当然のことながら、私の体重は著しい変化を見せた。といっても実は怖くてまだ体重計にのっていない。しかし、相当太ったことは、指輪がはまらなくなったことでもわかる。

私は深い後悔と自己嫌悪という、いつものあの懐かしい感情と向かい合っている。十六年前もそうだった。「トキノ」に行かなくなった私は、すごい勢いでリバウンドをしていったのだ。それで鈴木その子さんに合わせる顔もなく、こんなに疎遠になってしまったのである。鈴木さん、ごめんなさい。だけど、たいていの女はこんなものかもしれない。

いとしのサーター

この二、三年のことであるが、「沖縄」と聞くと、血がビビッと騒ぐようになった。体中が「行きたい、行きたい」とヨダレを垂らすような感じだ。

きっかけはやはり食べ物である。それまでも沖縄へは何回か出かけていたのであるが、食べ物がイマイチという思いをずっと抱いていた。市場へ行くと、熱帯魚が大きくなったような魚がずらりと並んでいる。どぎつい青や緑の魚はいかにもまずそうで、北国の蟹や海老の姿の美しさとは比較にならない。

その頃沖縄へ行くとご馳走になっていたのは、宮廷料理かステーキだったような気がする。ほとんど印象に残っていない。

「沖縄って自然は最高だし、住んでいるのもいい人ばっかりなんだけど、食べ物があんまり……」

と人にも言っていた。

ところが今から三年前のこと、講演を頼まれ、終った後、親戚のコと待ち合わせて小旅行をすることにした。タクシーで半日観光を頼んだところ、運転手さんがお昼ごはんに普通の食堂に連れていってくれた。そこで食べたゴーヤチャンプルーのおいしかったこと。ニガウリの炒めものであるが、火の通し加減といい、豚肉とのバランスといい、あんなにおいしい野菜炒めを食べたことがなかった。その後雑誌の取材で訪れた時、「吉本なな子さん」という、どこかで聞いたことがあるような名前の女性がやっている店を紹介してもらった。ここも野菜料理中心で、ヘルシーという言葉が安っぽく思われるほど、土の滋味がそのまま伝わってくるようなものばかりだった。

つい最近も、たてつづけに二回沖縄へ出かけ、今度は完璧にハマってしまった私。食べっぷりが気に入られたのか、かの岸朝子さんから女性雑誌の「沖縄食べ歩き」の企画に誘われたのだ。ご両親が沖縄出身ということで、岸さんはほとんど土地っ子である。沖縄の本当の美味を案内してくださるということで、私は一も二もなく連れていっていただくことにした。

まず出かけたのは、那覇の公設市場である。ここでも岸さんは大変な人気で知人も多い。

「岸さん、久しぶり」

「ちょっと寄ってってくださいよ」

と声がかかり、ついでに私にもいろんなものをくださる。気がつくと、私は右手にサーターアンダギー、左手に芋の天ぷらを持っていた。サーターアンダギーというのは、黒砂糖を使った沖縄独特のドーナツである。これは日本でベスト3に入る銘菓だと、私は思っている。時々東京のスーパーで売られているが、あんなものはまがいものだ。沖縄で揚げたてのものを食べたら、いっぺんでやみつきになる。

市場の二階にあるサーターアンダギー屋さんで、岸さんがおっしゃった。

「ここの店のは、卵黄だけしか使っていないのよ。だから一週間ぐらいじゃ固くならないの」

中から女性の店主が出てきて、私に一個握らせてくれた。右手に持っているのはここの店のものである。ひと口かぶりつく。黒砂糖の素朴な甘さと、油の香ばしさ。こんなにおいしいものもないだろうが、こんなにカロリーが高いものもないだろう。しかし、ダイエット中にもかかわらず、私は十個入り袋を買い、またたくまにホテルで五個食べてしまったのである。

ここにくるまで、私はどれほど我慢を重ねてきたことであろう。東京の一流フランス料理店のデザートも、ミラノやニューヨークでのレストランのデザートも、私は無視することが出来た。

「ハヤシさんが、こんなに意志の固い人だと思わなかった」

と、人々の賞賛を浴びたものである。その私が、サーターアンダギーには負けた。完全敗北だ。実は羽田を出た時から負けると思っていたのである。この甘さが、この香りが、私から理性を失わせてしまったのだ。

この後、市場の食堂で昼食をいただき、伊勢海老のお刺身を食べた。下の市場で買ったものは、いくらか払うと上の食堂で料理してくれるシステムである。伊勢海老は、私の南の魚への偏見を覆《くつがえ》すぐらい美味であった。沖縄ソバもおいしかった。けれどもサーターアンダギーほど私の心を奪わない。

岸さんによると、サーター（以下こう呼ぶ）は、そもそも家庭でつくるおやつで、うちによって味がかなり違うそうだ。旧家の出である岸さんは、幼い頃親戚の家で食べたサーターが忘れられないとおっしゃる。

そして次の日、東京へ帰ったのであるが、決して誇張ではなく私はサーターのことばかり考えるようになった。ひいては沖縄恋しさになる。何年かぶりに行った沖縄の空気も海も人も私に合っているようで、いっそ引越そうかと本気で思ったぐらいである。

そして一カ月後、私は講演のためにまた沖縄へ行くことになったが、もう体重のことは気にせず、アレを食べてこようと決心していた。麻薬か何か入れたのではないかと思うぐらい体全身がアレを欲しがっているのだから仕方ない。

講演が終るやいなや、すぐに市場のあの店へ駆けつけた。

「あの、先月、岸朝子さんとうかがった者ですけど」

幸い女主人の方が、私のことを憶えていてくださった。

「もう売り切れだけど、十個だけなら用意出来ますよ」

奥へ引っ込む前に、また温かいサーターを一個、私の掌《てのひら》に置いてくださった。懐かしい黒砂糖のにおい。先端の割れ目の固く香ばしいことといったら……。私はみかん大のサーターを三口で食べ終えた。が、嬉しいことに目の前には、小さく切った試供品が山のようにあるではないか。沖縄の人のおおらかさはこういうところにも表れていて、試供品といえどもぶ厚く切ってある。

「これ、いただいてもよろしいですか」

「どうぞ、どうぞ」

普通試供品というのは、一個つまむものであるが、私は数個次々に頬ばった。店の人が奥に行ったのを幸い、もう一個、もう一個とさらに食べる。十個買って五個分は試供品で食べただろう。

ふと我に返ると、まわりの売店の人がみんな私を見ている。ああ、恥ずかしい。が、こんなおいしいものをこさえるあなたたちがいけないんだよ。もう私は止まらない……。

夫婦で共通の趣味

二〇〇〇年は、クリスマスディナーショー出演という、華やかなイベントで締めくくった。

私が前座歌手を務める、「六本木男声合唱団」の公演がホテルで行なわれたのだ。六本木男声合唱団というのは、作曲家の三枝成彰さんが中心になって結成されたもので、政治家や文化人といった有名人もいるし、普通のサラリーマンもいっぱい混じっている。二十一歳から七十一歳までと年齢も幅広い。月に一度、六本木のスナックで練習するのであるが、羽田孜さんや鳩山由紀夫さんといった忙しい人もちゃんと来るから驚きだ。

今回私は「メリー・ウィドウ」の中の「ヴィリアの歌」を歌うことになっている。美しいメロディで知られる名曲だ。途中、男声のコーラスがついてとてもいい感じ。といっても、六十名もの男性を後ろに従えて歌うのだ。フルオーケストラをバックに歌う時も緊張したが、これもかなり緊張する。

しかも今回から、合唱団のメンバーの中に夫も加わった。三枝さんに誘われ、しぶしぶ入団したのだ。

「どうして僕がこんなことを……」

などと文句を言っていたのであるが、日を追うごとに楽しくてたまらなくなってきたようだ。私の居ない時に、密かに練習しているらしい。

私も忙しい中、この一年近くずうっと声楽のレッスンを受けてきた。未だに呼吸法さえちゃんと出来ないけれども、どうやら歌のお稽古は私に合っているらしく長続きしている。皆と一緒にする月に一度のレッスンだけではもの足りなくなり、顧問の小林一男先生のお弟子さんに、週一度来てもらっているのだ。

ずっと練習を続けてきた「ヴィリアの歌」は、とても歌いやすい。なぜかというと、今までイタリア語で歌っていたのが、日本語になったからだ。そもそも私にイタリア語など出来るわけないのだから、カタカナのルビをふって憶えてきた。だからリハーサルも本番中もドキドキして、歌詞を間違えたりつかえたりしないかとそればかり考えて歌どころでなかった。

しかし今度は、日本語で歌うのでとても気がラクだ。楽譜を持って横浜のホテルに向かった。タクシーで行こうかと思ったが、電車にした。やはり前座歌手が車というわけにもいかないものね。ところが日々の疲れから、東横線の中でぐっすり眠りこけてしまった。かなり恥ずかしい。前座歌手でもあるが、たったひとりの女性歌手、プリマドンナの私でもある。

ホテルに到着すると、合唱団の方は既にリハーサルが始まっていた。「セレナーデ」や「学生王子」というのがレパートリーであるが、小林先生の指導の甲斐あってかなりうまい。シロウトさんの集まりといっても、プロの声楽家も三、四人いるし、有名な指揮者大友直人さん、ピアニストの横山幸雄さんもいるのだから相当の戦力となっているはずだ。

夫はといえば、真中の最前列に立っているではないか。後で夫が言うには、うまい人を後ろに置き、ヘタな人は前、という配置なのだそうだ。うまい人の声を後ろから出して、ヘタな人をひっぱっていこうということらしい。

コシノジュンコさんデザインの素敵な制服が、夫には全く似合っていない。口もちゃんと開いていないワと、次第に発表会に来ている母親のような気分になってくる。俳優の辰巳琢郎さんもいらっしゃるが、さすがため息が出るくらいカッコいい。名ソムリエ田崎真也さんも制服の似合う方だ。

やがて私も舞台に上がり、リハーサルをすることになった。今度は夫がハラハラドキドキする番だ。彼によると、

「高音部が出なくなったりするので、生きた心地がしなくなった」

そうである。なんとかリハーサルが終り夕食の時間になった。ホテルの人たちが何人も廊下に出て、

「お食事の用意が出来ておりますので、どうぞこちらへいらしてください」

と誘導してくれる。コーラスといえどもまるでスター並みの扱いだ。なにしろえらい政治家の人たちが来ているので、ホテル側ものすごく気を遣っているのである。鳩山さんや羽田さんにつくSPの人たちも険しい顔をして、廊下に立っている。ところがご本人たちは、呑気《のんき》に楽しそうに歌のお稽古をしているのだから何やらおかしい。

私もお弁当を食べに行こうと歩いていると、途中夫に出会った。

「お元気かしら」

と尋ねたら、

「元気なわけねえーだろ」

と怒られた。制服を着てとても照れているのである。

さてホテルが用意してくれたお弁当は、肉がいっぱい入ってとても豪華であった。話によると今回のディナーショー、お客さんがなんと五百四十人も入ったそうだ。二千円や三千円の料金ではない。なんと三万二千円という値段なのだ。そりゃあ、聖子ちゃんやヒロミ・ゴーのようなスターには負けるかもしれないが、三万二千円といえばかなりのクラスのディナーショー価格である。

三枝さんは何度も客席に向かって言った。

「三万円は料理の値段で、二千円が僕たち歌の料金ですからね」

もちろん私たちは一銭も出演料はいただいていない。いつかお金をとれる歌手になりたい、というのが私の悲願である。

そのうち私の出番が近づいてきた。このあいだミラノで買った、白い地に茶色のラメをかけたイブニングドレスで登場する私。こういう時、誰が何といおうと気分はプリマドンナである。

「ヴィリア〜、ヴィリア〜森の精。この命、ささげても〜」

後ろから男声の力強いコーラスが入り、私も歌う。ああ、なんて気持ちいいんでしょう。

夜の十時過ぎ、無事に夫婦共演を終え、夫の車で東京へ帰る。あれほど嫌がっていた夫であるが、無事に大役を果たした安堵と嬉しさで顔が晴れ晴れとしている。夫婦で共通の趣味を持つって、こういうことなのね。一緒のステージで歌を歌った夫婦なんて、プロの歌手ぐらいしかいないわよね。それにしても暮れの忙しい中、夫婦二人こんなお気楽なことばっかりしていていいもんだろうか。が、二人とも今年も歌い続けます。

故郷おそるべし

青森出身の友人が言った。

「年をとるごとに、帰省するとつらくって……。こんなに寒かったのかと思っちゃう」

私も同感である。都会の暖房に慣れきった体に、故郷の寒さが次第にこたえるようになった。東京に隣接し、東の方はベッドタウン化している山梨であるが、私の生まれ育った土地は盆地の底の方に位置している。ここは暑さ寒さが本当に厳しい。冬は雪こそ降らないが、しんしんと骨にしみてくるような寒さである。私のうちは田舎の間取りなので、廊下が広く長い。暖かい居間を出ると、吐く息が白くなるほどだ。東京と同じようにセーター一枚とジーンズでいたら、台所やトイレに行くのさえ嫌になった。

さっそく捨てようと思っていたセーターをひっぱり出し、重ね着した。下着の訪問販売をやっている従姉に電話をし、ババシャツとズボン下を頼んだ。もうなりふり構っちゃいられない。誰が見ているわけでもないので、とにかく完全装備を心がける。

それにしても山梨って、こんなに寒かったっけ。ダイエットを指導してくれる先生が言うには、今年の冬がつらいのはあたり前だという。

「十キロ落ちてるっていうことは、脂肪の層が無くなっているっていうことなんですよ。肉じゅばん一枚ぐらいの違いです。体が寒さを受け止められないから仕方ないんですよ。来年は体が慣れて、今年ほどつらくないはずです」

私はこの先生をある友人に紹介した。この人は努力したおかげで、百三十キロの体重を百五キロまで落としたのであるが、彼も今年は寒い、寒いと悲鳴をあげているそうだ。うーん、私が感じるこの寒さは喜ぶべきものかもしれない。

正月の二日に恒例の宴会が開かれた。近所に住む親戚一同と帰省した家族が集まるのである。今年は弟一家が外国から帰ってこない替わりに、従姉の次男が昨年結婚したばかりのお嫁さんを連れてきた。わが家の居間に集まったのは、なんと十六人である。折り畳み式のテーブルを並べて、おせちやしゃぶしゃぶを食べる。お酒もたくさん飲んで、その賑やかなことといったらない。

都会育ちの夫は、最初はこういうことに驚いたようだ。今年から加わった従姉のうちのお嫁さんは、

「こんなにたくさんの人たちとご飯食べたの初めて。すごく楽しい」

と無邪気に喜んでくれた。

ありきたりの言葉であるが、故郷に帰る幸福のいちばん大きなものは、血の繋《つな》がった人たちと集《つど》うことであろう。遠慮なく喋って、自分のことを聞いてもらい、相手の近況を聞く。そして時々は思い出を語る。近所の人の噂話をする。そんな他愛ないことがとても楽しい。

そしてその次の幸福は、古い友人に会うことだ。ところが近所に住む幼馴じみのA子ちゃんは、年末から正月にかけてアメリカに行って留守だという。

「なんでもクルージングに出かけてるって、A子ちゃんのお母さんは言ってたよ」

と母が言う。

「へえー、クルージングなんてカッコいいじゃん」

「アメリカの友だちに誘われて、一緒に旅行しているらしいよ」

A子ちゃんは中学時代からのペンパルと、未だに交際を続けているのだ。いかにも誠実で律儀な彼女らしい。十三歳で文通が始まった、ミシガン州に住む日系三世の少女は、今や中年の主婦になって大学生の息子が二人いるという。けれどもA子ちゃんとの友情は固く、大人になってから二人は何度か会っているのだ。今年は家族でミシシッピーを下る蒸気船に乗る、それにぜひ加わらないかと誘われたらしい。いい話である。

しかしA子ちゃんのいない山梨は淋しい。近くのファミリーレストランでお喋りしたり、彼女の車で近くへドライブしたりと、いつも遊んでもらっているからだ。

年明けの五日になって、やっとA子ちゃんは帰ってきた。お土産にピーナツのお菓子を持ってきてくれる。さっそく写真を見せてもらった。船の中でのハッピー・ニュー・イヤー・コンサートは、船長さんを囲み、みんな仮装をしてどんちゃん騒ぎだ。

「それでA子ちゃん、英語は大丈夫だったの」

失礼なことを聞いてしまった。私は知らなかったのだが、A子ちゃんはピアノだけでなく、最近近くの英語塾でも教えているのだ。全くたいしたものである。

山梨に住むA子ちゃんの方が、私なんかよりもはるかにインターナショナルに生きているのだ。

A子ちゃんとお昼を食べたついでに、そのまま車で同級生の家へ遊びに行った。クラスの副委員長をしていた彼女は、非常に真面目な努力家で、高校を卒業する時から公認会計士を目ざしていた。大学もその方面へ行き、これといった目標もない私が遊び呆けていた四年間、ずっと受験勉強をしていたのだ。その甲斐あって、難関の試験も大学卒業後すぐに合格した。東京で事務所を持っていたのであるが、ご両親が年をとったこともあり、三年前に山梨に帰ってきたのである。

彼女のうちは、一宮町といって桃の産地として有名なところだ。車でかなり山の上の方へ行く。プレハブづくりの事務所が目についた。彼女が自宅の庭に建てたものである。

「今はパソコンがあるから、東京で仕事をしようと、山梨で仕事をしようと全く同じことなのよ」

と彼女は言う。最新の機器を使って、クライアントと連絡を取り合うそうだ。けれどもそうは言っても、顔を合わせることも必要だから、週に二回ぐらいは東京へ行くそうだ。

「ここから駅まで車で二十分でしょ。駅前に駐車場を借りてるから、いつでもさっと降りられるし、すごく便利よ。今はもうどこに住もうと同じことなのよ」

全くたいしたものである。未だにEメールもろくに打てない私とはえらい違いである。山梨に住む彼女の方が、はるかにIT化は進んでいるのだ。

故郷おそるべし。旧友おそるべし。私はつくづく感心して東京へ帰ってきたのである。

紅一点

土曜日の午後、ボストンバッグに衣装と靴を詰め、東北新幹線に乗った。今日から二日間、巡業の旅だ。私が前座歌手を務める「六本木男声合唱団」が、宮城県の白石というところでコンサートを開くことになったのである。

が、巡業といってもギャラをいただけるはずはない。

「シロウトがお金を貰ってはいけない」

という、団長の三枝成彰さんの信念のもと、二千円の入場料から得た収益は、すべてホールに寄付することになっているのだ。それどころか交通費、宿泊費込みで一人五万円の参加費を払って出演するのだから、みんな本当に歌うのが好きな人ばかりなのである。しかもヒマな人など誰もいない。

「どうしてこの人が、こんなところにいるんだろう」

と首をひねるような人が、ちゃんと一泊二日の東北の旅に参加しているのだ。羽田孜さんも、ご長男と弟さん二人というファミリーでいらしている。鳩山由紀夫さんも、明日の午前中には着くというから驚きだ。

ホールに着くなり、リハーサルに入る。今回歌う団員は四十二名で、このあいだのディナーショーの六十名よりずっと少ない（もちろんうちの夫は来ていません）。しかし、この白石のホールは音響が素晴らしいことで有名なのだ。この私でさえ、マイクを使わなくてよい。声がとてもよい感じで反響するので、みんな俄然やる気を出したようである。

「ハヤシさん、あのさー」

歌い終ると、後ろに座っていたコーラスの列の中から、三枝さんが大きな声を出した。歌のことで注意されるのかと思ったらそうではなかった。

「やっぱり痩せたよ。お尻の大きさが二分の一になってるもん」

私のパンツ姿に目をとめたらしい。こういうことを言っても、少しもイヤらしくならないのが三枝さんの人柄なのであるが、「おお！」と男の人たちからどよめきが起こり、皆の視線が私のお尻のあたりに集まることになった。

「こういうのってセクハラだよね」

と誰かが言ったが、

「いいえー、もう誰もそんな風に私を見てくれる人なんかいませんから、いくらでもどうぞ」

と私。実におばさん的言い方で、女もこんな風に答えたらお終いであろう。

さてリハーサルの後は、お待ちかねの宴会である。バスで一時間近くかけて、山の中の健康ランドへ向かった。安くあげるためらしい。市が経営する温泉付き研修センターで、女の私は個室であったが、男の人たちは大部屋で雑魚寝《ざこね》だ。とはいうものの温泉は二十四時間入れるし、食事はとてもおいしかった。いつもよりもずっと豪華なメニューにしてくれたということだ。ローストビーフ、魚のあんかけ、白子にお刺身といったものがずらり並び、最後に握り鮨が出た。これがネタのよさといい、握りの品のよさといい、まさしく「ヒナにはまれな」お鮨なのである。

白石の市長さんが言うには、この健康ランドの料理長は、このあいだまでお鮨屋さんを経営していた。ところが儲けを度外視していいものを握るので残念ながら倒産してしまったということだ。今夜は私たちのため、久しぶりに握ってくれたらしい。本当においしく、私はせっかくお尻の小ささを褒められたにもかかわらず、まわりの席をまわってお鮨をもらってきた。

「ハヤシさん、よかったらこれも食べて」

と差し出される。なにしろピアニストでもある小林一男夫人を除いて、私はたった一人の女性なのである。モテることといったらない。みんなが気をつかってくれるし、いろいろお世辞を口にする。お菓子もまっ先に分けてくれるし、忙しかったけど、この山の中に来た甲斐があったワとしみじみ思う。

タケちゃんこと、美形建築家のタケヤマ氏は大阪からの参加であるが、

「ハヤシさんが来ると聞いて、ボクも無理して来ちゃったよ」

と、嬉しいことを言ってくれるではないか。こうした私の心のはずみは伝わるらしく、次の日のコンサートの後、私は地元の女性たちにさんざん言われた。

「本当にハヤシさん、羨しいわー。あんなにいい男にいっぱい囲まれて、女ひとりで歌うなんて」

「ホント、ホント、どんなに気持ちいいかしらね〜」

私はかねがね、女がいちばん羨望を抱くシチュエーションは、「男性たくさん紅一点」というやつだと思っている。ライバルなし、ひとり勝ちというやつですね。私の場合、大勢の男性が素敵なコーラスで私を支えてくれるのだから、視覚的にもそりゃいい感じに見えるらしい。

缶ビールとサキイカ、ピーナッツといったものでささやかな打ち上げをする時も、

「ハヤシさん、こっち、こっち」

と真中に手招きしてくれる。本当にいつにないことだから、この幸せにもう少し酔っていよう。

「白石の女の人たちに言われましたよ。ハヤシさんが羨しいって……」

「だってハヤシさんは、うちのプリマドンナだもの」

「そう、そう、マドンナなんだからさー」

ふふっ、この年でこんな思いすることもあるのね……。しかし私は、少し離れたところにいる三枝さんが誰かに喋っているのを聞き逃さなかった。

「こういう男の合唱団ってさー、なかなか長続きしないんだよ。なぜって途中から女入れたりするから、ゴタゴタを起こすんだよね。だからさ、女は絶対に入れちゃダメなの」

そう、そういうことだったのね。私なら、ゴタゴタは絶対に起こることはないってことなのねー。がっくりうなだれた私である。

帰りの新幹線の指定席車輛は、私たちだけで全くの貸切り状態だった。ここでも宴会が始まるが、見慣れない女性が二人混じっている。団員のひとりが東京から呼んで、コンサートを聴きに来た銀座のクラブのママとホステスさんだ。団員はみな次々と立ってビールを注ぎにいく。

「なんか砂糖にむらがる蟻《あり》みたいだね」

と、傍のタケちゃんが隣りの団員にささやく。

「だって山の中で二日間、女っ気なしだったんだからね」

「そうだよねー。仕方ないよね」

私が傷ついていることも気づかず彼は無邪気に頷いた。

お土産

長いこと東京に住んでいるが、足を踏み入れたことがない場所は幾つかある。「とげぬき地蔵」はそのひとつであった。いうまでもなく、「おばあちゃんの原宿」である。私はまだまだそのような年齢ではないと思うものの、興味はわく。どれほどの賑わいか一度行ってみたいと思っていたところ、対談場所にここを指定された。銀行でお金をおろして行く。なぜお金をおろしたかというと、たぶんたくさん買物をすると思ったからだ。田舎に住む母がこんなことを言っていた。

「年寄りが着る服って、ありそうでないのよね。腰が曲がってくるから丈は長くなきゃ困るし、ボタンが小さいのも困る……」

おまけに昔の女にしては大柄な母は、肩幅もある。本当に着るものに困っているらしく、いつ帰っても同じようなセーターを着ている。「とげぬき地蔵」の商店街なら、年寄りの着るものもたくさん売っているに違いない。何か買ってプレゼントしよう。

そしてわが家から車で一時間、商店街の前に立った。両脇にぎっしりと店が並び、たくさんの人が歩いている。近頃珍しい活気のある商店街だ。田舎の駅前の商店に生まれた私は、こういう光景を見ると本当に嬉しい。

さっそく塩大福と貝の佃煮を買った。対談相手が来るまで、お地蔵さまの参道を歩いていると、

「日本一高い耳かき」

というポスターが目についた。屋台で男の人が耳かきを削っている。黒いスス竹で二千九百八十円だという。おまいりに来た記念にそれをいただくことにする。

肝心の母のセーターであるが、対談が終るととっぷりと日が暮れていた。このあたりは、たいてい四時閉店だという。

「嘘でしょう」

外に出てみると、本当に人が消えていた。確かにシャッターを下ろしている店も多い。結局大福と佃煮、耳かきだけを持って帰る。まるで遠足へ行ってきたような気分だ。

そして次の日、今度は完成したばかりの東京宝塚劇場へ出かける。二〇〇一年一月一日オープンのこの劇場へは、当然のことながら訪れるのが初めてである。中はピンクが基調になっていて、それはそれは綺麗な建物だ。そこに少女からお年寄りまで、たくさんの女性が笑いさざめきながら入ってくる。新しい劇場のせいか、正面の大階段を上が

るのも、みんな晴れがまし気だ。なんとも華やかな光景である。昨日の「とげぬき地蔵」の商店街とどこか似ている。

女の人たちがわーっと集まるところというのは、それが若い人でも、年をとっていてもあたりが明るくなるようだ。そこが男の人たちと違う。渋谷を車で走っていると、時々へんなカタマリにぶつかる。男の人たちが場外馬券売場に詰めかけているのだ。ニコニコしながら馬券を買う人もいないと思うけれど、みんなぶすっと押し黙った表情で、ジャンパーの着用率が高い。ギャンブルにこれといった偏見を持っているわけではないが、殺ばつとした雰囲気だ。

それにひきかえ、女の人ってなんていいんだろう。地蔵通商店街でも、帽子をかぶった女性に何人も出会った。みんなおしゃれをしてくるのだ。

宝塚劇場にやってくる女性も、素敵なお洋服を着ている人が多い。少し前はラブリー系が他を圧倒していたような気がするが、最近はファッションもバラエティにとんでいる。ジーンズを上手にはきこなしたコもいるし、最新流行の服に身をつつんだ女性もいる。

開演までたっぷり時間があるので、私はさっそく探険に出かけることにした。女性トイレが広く清潔なことに驚く。こんなに広いなら、めったに行列など起こらないのではないだろうか。

ロビーも大きい。売店があって、私はそこでキティちゃんのお饅頭を買った。そうか、女の人が、やさしげに楽しそうに見えるのは、みんなお財布を開いてちまちましたお土産を買うからかもしれない。これは男の人のカタマリには見られない現象である。

私もどこかへ行くと、何かを買わずにいられないタチだ。必ずといっていいぐらい何かお土産を買う。たとえばそうアタリハズレのないお饅頭、おせんべい、カリントウ、食べ物にこれといったものがない時は、和紙の便箋や封筒を買うこともある。キーホルダーやワッペンといったものは後で困るが、こういうものは幾つあってもいい。

そして昨夜のこと、私は東京ビッグサイトへ向かった。ここも初めて行く。臨海副都心の名物建物だ。二〇〇一年の「日本ジュエリーベストドレッサー賞」なるものに選ばれたからだ。言いたくないけど、四十代の女性を代表して受賞ということになった。

十代、二十代、三十代、四十代と各世代の受賞者と共に、「スポーツ部門」からということでマラソンの高橋尚子選手も選ばれている。私はさっそく図々しく近づいて、ツーショットを撮らせていただいた。みなに自慢しよう。

ところでこの高橋さんはじめ、受賞者はみんなイブニングドレスのまま、会場を一巡することになっている。会場というのは、ビッグサイトの中にもうけられた大展示場だ。三百店ぐらいの問屋さんが、ここに出店しているのである。

ここで私は、それはそれは素敵なダイヤのリングを見つけた。ダイヤといっても、これはハート型にカットされていて、可愛いったらありゃしない。ためしにはめてみたら、キラキラ光る。欲しいなあ、いいなあ、と思いながらさりげなく値札をひっくり返す。ウン十万というかなりのお値段である。

「でもハヤシさん、これは問屋の価格です。ここで仕入れて、小売店の方たちはもっとすごい値段をつけるんですよ。この会場は、一般人は入れないからお得ですよ」

「ハヤシさんなら、もっとお安くします」

が、私は買わなかった。ダイヤはやはりお土産にはなり得ない。〝お持ち帰り〟するのにはあまりにも高価だからである。お土産品はすぐ食べられるもの、あるいは勢いで買い、ちょっぴり後悔してすぐに忘れるもの。この二つに限ると私は思っているのだ。

お披露目

「二月は、芸者にとっていちばん楽しい季節なのよ」

千代菊ちゃんが言った。

「もう年の暮れから、〝お化け〟はどんな風にしようかって、わくわくしながら考えるの」

〝お化け〟というのは、節分の頃、芸者さんが仮装をすることを言うらしい。年がいった芸者さんが少女の格好をしたり、反対に若い芸者さんが、うんと年増の格好をしたりする。

「ベルサイユのばら」のオスカルや、クレオパトラになってもいい。千代菊ちゃんがいた新橋でも、毎年芸者さんたちが趣向を凝らした出しものをするそうだ。

「もちろんお客さんの方だって、どんな格好をしてもいいんですよ。ねえ、マリコさんも何かしましょうよ」

この〝お化け〟の話は、ずっと前から聞いていて、一度は参加したいと思っていた。が、花柳界でそんな遊びをするのはお金もかかりそうだし、敷居が高い。が、千代菊ちゃんは自分が松竹衣装へ行って、全部借りてきてあげるという。

「『ワインの会』の人たちも、みんなやるって言ってますよ」

「ワインの会」は、二カ月に一度、新橋の某料亭で、学割にしてもらい、割りカンで皆が集まる。高くなくてもいいから、これぞと思うワインを一本持っていき、皆で飲もうという会だ。いつのまにか話が進んでいて、今月の「ワインの会」は、〝お化け〟をしながらということになった。

「マリコさんはどんな格好をしますか。マリー・アントワネットなんて面白いかも。私、海女《あま》さんの格好をしたことがあるけどすごくうけたわ」

「そうねえ……」

私は考える。どうせ仮装をするんだったら、本格的な芸者さんになりたいな。つい先日、あるお招《よ》ばれの席に行ったら、可愛い新人の芸者さんがいた。彼女は昨年、関西の女子大を出たばかりだという。中学生の時に舞子さんになろうとしたが、親が大反対した。高校、大学と平凡にすごしたけれども、芸者さんになる夢を捨てきれず、卒業を待って新橋にやってきたという。

彼女の気持ちはすごくわかる。私も器量さえよかったら、同じようなことをしたに違いない。私にとって一流どこの芸者さんは、昔から憧れの対象なのである。小説を読んだり、たまに遊びに行くぐらいでは満足出来なくなり、ついに芸者さんが主人公の小説を連載し始めた私である。いろいろ取材もしている私が、どうして芸者さんにならないでいられよう。私は千代菊ちゃんに言った。

「私、芸者さんの格好をする。当然、鬘《かつら》をつけて黒の裾引きの正装よ。それからね、どうせだったらお座敷に出たいの。昔からの私の夢なの。芸者さんとして、ちゃんとお座敷に出てお酌したいのよ」

千代菊ちゃんは、わかりました、何とかしましょうと請け負ってくれたのだ。

さて当日、早めに料亭へ行くと、千代菊ちゃんはドラキュラの格好で待っていてくれた。ちゃんと牙まで歯にかぶせている。芸者の現役時代、彼女は中国の老人に扮したことがあるそうだ。美人ほど汚ない格好をしたいらしいが、私は絶対にイヤ。たとえ〝かぶりもの〟でも、美女の役をしたいのよ。

顔師の方が来てお化粧をしてくれ、千代菊ちゃんのいた置屋のお姐《ねえ》さんたちが着つけや髪をやってくれる。なんだか新橋の総力結集という感じだ。届いた鬘にしても、あの一流どこ「岡米」さんが、一時間半もかけて合わせてくれたものである。五日前に鬘合わせに寄ったところ、ものすごく時間がかかってしまった。頭の形が悪く、タヌキ顔の私に似合うようにと、それはそれは丁寧につくってくれたのだ。たとえ遊びでも、新橋の威信にかけてちゃんとしたものをという心意気だ。

やがて続々と会のメンバーがやってきて着替えていく。小坊主、闘牛士、マドロス、バニーガール、ミッキーマウス、チャイナ服の怪人、といった面々だ。こういう者たちが一堂に集まり、飲み食いしている光景はかなり異様かもしれない。

後で踊りにやってきた芸者さん（天草四郎に扮している）が、私たちをひと目見て

「こわいわ！」と叫んでいた。

ワインの栓が次々と抜かれるが、私はあまり喉を通らない。なぜなら「お座敷」が待っているからだ。

おかみさんがニコニコしながら近づいてきて言った。

「まり奴《やっこ》姐さん、隣りのお席にそろそろ……」

千代菊ちゃんを通して、しゃれのわかるお客さんのお座敷に出たいという私の希望を伝えたところ、骨を折ってくださったのだ。若い社長さんが開いた、比較的気楽な席だという。しかし私の不安はひろがる。

「キレイな女を見に新橋に来たんだ。お前なんか帰れ」

なんて怒鳴られたらどうしよう。そんなことを考える間におかみさんは言う。

「床の間を背にした方から、次々に皆さんにお酌してね」

襖《ふすま》を開ける。男性が六人、傍に三人の芸者さんが侍《はべ》っている。ひとりのお姐さんは、

さっき私の髪をやってくれた方だ。みんな普通の髪に、訪問着といういでたちである。黒い裾引きの芸者が入っていくとやはり目立つ。

「まり奴姐さんです。今日、お披露目なんです。よろしく」

おかみさんが紹介してくださった。お披露目というのはデビューのことですね。どうぞよろしく、と私は頭を下げた。が、この白けた空気は何かしら。ものすごく濃い特殊な化粧をしているので、誰も私に気づいていない。ただ、こんな年増がどうしてお披露目なんだ。なんかヘンだ、おかしい、という皆の思いが、このしーんとした雰囲気をつくっているのである。

「ま、おひとつ」

私はお銚子を持って酌《つ》ぐ。そお！　一回これをやってみたかったのよね。憮然《ぶぜん》として盃をうけた男性が言った。

「まあ……、こういう新人が出てくるっていうのも、新橋の活性化につながるんじゃないの」

だって。そして私はご祝儀までいただいたのである。本当に嬉しい。これって究極のコスプレではなかろうか。長年の夢がかなった。来年も「期間限定芸者」として出てみようと決意する私である。

週刊誌と思い出

立春を過ぎたといえ寒い日が続きますが、お元気でいらっしゃいますか。

みなさん、「週刊文春」の先々週のグラビアをごらんになりましたか。

そお、日本ジュエリーベストドレッサー賞表彰式で、三人の美女が仲よく語り合っているという一枚の写真だ。

十代の部の深田恭子さん、二十代の部の本上まなみさん、三十代の部の中村江里子さんといった、今をときめく美しい方々をめぐって、誰が好みだ、あのポチャポチャした二の腕がどうのこうのと、おじさん記者とおぼしき筆が、いろんなことを書いていましたね。

そして写真のいちばん右に、誰も座っていない椅子があったのをご覧になったでしょうか。そお、あれこそ私が座っていた椅子なのです。この私が、四十代の部において、ジュエリーベストドレッサー賞をいただいたのはご存知でしょうか。

その私が、表彰状をもらいに席を立った際に、私が不在の時に、こんな写真を撮って本当に嫌な感じ。それとも何かしら、私が座っていたら、なにか不都合なことでもあったのかしら。コンセプトが崩れる、っていうことかしら。

もし美人三人で撮りたかったのなら、誰も座っていない椅子をカットすればいいじゃない。それをわざとらしく構図の中に入れちゃって、もう日頃温厚な私もむっときましたね。

「ちょっと、この写真、ひどいと思わない」

多くの人に訴えたところ、約八〇パーセントがひどいと、うなった。皆があまりにも憤慨するので、私も冗談で言ったつもりが悲しくなってしまったぐらいよ。

「ハヤシさん、これはあんまりだよ。うちなんか、すっごく綺麗なグラビアにしたのに」

そうです。「週刊S」も「週刊A」も、

「最近痩せて、めっきり美しくなった林さん」

というキャプション付きで、イブニングドレスの私を載っけてくれたわ。もちろんカラーでよ。それなのに二十年近く連載をしてきた「週刊B」（文春のことです）は、私が座っていない椅子を写してるのね。あんまりだ……。

「ハヤシさん、これは抗議の電話をした方がいいよ」

という人もいたし、

「もう、こんな冷たい『週刊B』なんかでの連載やめて、うちで『今夜も思い出し笑い』書きませんか」

と言ってくれた週刊誌の方もいた。

ま、私は根に持つタイプじゃないけど、あの仕打ちは絶対に忘れないわ。読者からのメールがいっぱい来て、中には、

「ハヤシさんは、本上まなみに負けないぐらいキレイでした」

なんていうのも、何通かあったんだからね。ホント。

ところで、ここのところ本のパブリシティのために、幾つかのテレビ番組に出ている。先日はテレビによるブック・レビュー「ほんパラ！関口堂書店」というのに出た。とても楽しかったのであるが、収録場所は六本木のテレビ朝日でなく、砧《きぬた》のスタジオだという。家からかなりあるのでつい遠足気分になってしまった。私はどこへ行くのもひとりなので、テレビに出たりする時はかなり困る。荷物を見ていてくれる人が誰もいないのだ。

ちなみにこのあいだのジュエリーベストドレッサー表彰式では、あたり前の話であるが、マネージャーも付き人もついていないのは私だけである。イブニングドレス姿で、バッグや着替えの服を持ってあちこち歩いていた。帰りはもっと悲惨で、両の手に、巨

大なトロフィーや賞品をぶらさげて帰り、家に着くやいなやせっせと運んだ。玄関から居間まで三往復した。こういう時、ひとりはつらい。花嫁修業中の身で、年がら年中ヒマしている若い友人でも、付き人として連れてくればよかったと本当に思った。

ところが、今回は本のパブリシティということで、出版社の人たちが三人も従《つ》いてきてくれたのである。全員男性で、ちょっとしたお姫さま気分だ。

テレビの収録が終った後、せっかくだから早めの夕食をとろうということになった。ここからだと成城の駅が近い。成城と聞くと、私の胸はコトコトと音をたてる。

二十代半ばから後半まで、私は成城に住んでいたのだ。あるおうちの二階に下宿していたのであるが、そこの未亡人が私のことをまるで娘のように可愛がってくれた。

「悪いムシがつかないように」

ということで、夜遊びして帰ってくると、寝巻き姿で待ってくれているおばあちゃまがいた。

この下宿のことは前にお話ししたと思うが、この土地をおばあちゃまから買ったのが、あの有名な俳優さんなのだ。未亡人の家を壊して、すごい豪邸を建てたと聞いている。その方に三回目にお会いしたとき、といってもつい最近であるが、こんなことをおっしゃっていたのだ。

「この土地はとても縁起のいいところだ。ハヤシマリコがここから出たんです、っていう不動産屋の勧めについ従ってしまったんだ」

「あら、それじゃかなり私もからんでいるんだ」

私が笑うと、彼はかなり真面目なおももちになった。

「でも、運のいい土地っていうのは確かにあるからね。あそこに家を建ててから、仕事もすごくうまくいくようになったんだ」

というその豪邸を、どうしても見てみたいと思った。

成城の駅前で、ビールとトンカツを食べた後、私は皆に言った。

「私、前に私の住んでいたところにもう一度行きたい」

私ひとりで行くつもりだったのに、皆がついてくるという。しかし記憶はすっかりぼやけていた。この道、こんなに長かったっけ。目印のお店屋さんは、絶対に左側にあると思っていたのに右側だった……と、いうことがついてまわる。そしてめざす家についた。いかにもスターらしく表札がない大きな家である。犯罪にならない程度に中を覗く。ここで私が青春の日々を過ごしたのだと胸がいっぱいになった。あの頃に比べれば、今はまあまあ幸せかしらん。週刊誌にあんな仕打ちを受けてもさ。

いい人

Ａ氏は不思議な人物である。

マスコミではない、まっとうな某一流企業に勤めているのだが、ほとんど会社に行っていないみたいだ。

会社に電話をすると、

「さあ、今日は来ると思うんですけど、どうでしょうか……」

という女性の声がかえってくる。

昼間から、お茶や書道のお稽古ごとに行き、このあいだは、

「砂山をつくって、自分の内面を知る」

というセミナーに通っていたそうだ。

「どうしてクビにならないの？　どうして会社に行かなくてもいいの？」

と私が尋ねると、

「あのね、会社っていうのは前線で働く人と、後方にまわっていろいろ画策する人とがいますけど、僕は後の方だから」

ということだ。しかし私の目からは、毎日ヒマそうに見える。よく電話がかかってきて、

「今日は何してるんですか？　ヒマだったら昼めしでも食べませんか」

というお誘いがある。といって、別に私に気があるわけでもない。遊んでくれる人を、一生懸命探しているだけなのだ。

つい最近のこと、B子さんというお嬢さんから電話がかかってきた。

「私、今度結婚するんで披露宴にいらしていただけますか。ハヤシさんのお席は、Aさんの隣りにしときますから」

それはどうもと受話器を置き、しばらくしてから私は首をひねった。サラリーマンA氏と、華やかな仕事に就いているB子さんとを結ぶ線がどうしても見つからないのだ。

「イヤだなあ、ハヤシさん。B子さんはハヤシさんが紹介してくれたんじゃないですか」

とA氏は言う。

「ほら、三年前、皆でディズニーランドへ行った時、ハヤシさんがB子さんを連れてきたんですよ。僕はヒマなんで、あれからしょっちゅうB子さんを昼ごはんに誘っている

うちに、すっかり仲よくなったんです」

　ということであった。

　このA氏は、長身の好男子であるが、育ちがとてもいい方なのでおっとりしている（私は実家の資産か何かの権利めあてに、A氏は会社に人質として置かれているのではないかと睨《にら》んでいる）。誰からも嫌な感じを抱かれず、女性からも警戒心を持たれない得な性格だ。だからみんな、

「あそびましょー」

　と声がかかると、つい応じてしまうのだ。が、私はこのところ忙しくて、いつも誘いを断わっていた。が、考えてみると、まわりを見わたしてもA氏のような人物はいない。利害関係が全くないし、同い齢だからすべて割りカン、同級生の男の子とつき合っているような感じなのだ。

　先週末、本当に珍しいことであるが、何のスケジュールも入っていない日が出現した。ハタケヤマは早く帰ってきて原稿を書けといったが、私はA氏とデイトすることにした。

　銀座で待ち合わせ、天ぷらのランチを食べ、映画を見ることにした。話題の映画「ダンサー・イン・ザ・ダーク」というやつだ。貧しさと不運とによって、死刑囚になる女性の物語である。

「いい映画でしたね……」

明るくなった劇場で、A氏の目がうるんでいた。

「久しぶりに泣きましたよ。いやあ、本当によかった、よかった」

「どうして、こんな嫌な映画、見せられなきゃいけないのかしらね」

と私。

「本当にうざったらしい女なんだから。私、見ていて、イライラカッカしちゃった。もう本当に、イヤ〜な気分になったわよ〜」

彼は驚いたように私を見つめた。

「ハヤシさんって、変わってますよね……」

そして整体を予約しているからと、そそくさと帰っていった。

私は不安になった。そして何人かの人々にインタビューを試みたのであるが、やはりほとんどの人が、あの映画に感動したというのだ。

私はやはり変わっているのだろうか。世の中にはA氏のような、おっとりとしたいい人たちがいっぱいいるのに、その相反するところに私は位置しているのではなかろうか。

今日のことである。私が最近とても気に入っている佃煮屋さんがある。そこのアサリの佃煮がおいしく、私は出かけるたびにまとめて買うようにしている。ここは場所柄、おばさんがとても多いところだ。私もおばさんであるが、もっと年季の入ったおばさん、怖いものなしのおばさんがどっと押しかける。順番も何もあったもんじゃない。口々に、ああだ、こうだと主張を始める。

　ところがここの二人の店員さんときたら、感じよいことこのうえない。やや年配の女性が二人、実に上手に客をさばいているのだ。それは感動的ですらある。

「ちょっとオ、私が先よ。ずっと待ってんじゃないの」

　と怒鳴るおばさんにもにこやかに、

「はいはい、でもね、こちらのかたの方がちょっと早かったんですよ。もう少しお待ちくださいね」

　と頭を下げる。

　そういう中にあって、私は辛抱強くガラスケースの前で待っていた。私の前におばさんが一人いて、昆布の佃煮を量ってもらっていた。

　やがてビニール袋に入れた佃煮を、店員さんがかかげた。

「これで二百グラムになりますけど」

「やっぱり多いわ」

　とおばさん。

「百グラムにして頂戴」

　こういうことらしい。二百グラムにしようかなと思ったのだが、多過ぎるような気もする。そんなわけでいったん量ってもらい、それを見せろと要求していたわけだ。こんなに人が待っているのに、とキレたのは私の方だ。

「はい、はい、じゃ半分にしましょう」

と店員さんは言い、また量り直していた。

ひょっとすると世の中って、こういう人たちで成り立っているのかもしれないと、私はしみじみと思ったのである。

マイ美容室

この街に引越してから、一年半がたとうとしている。

毎日少しずつテリトリーを広げている私だ。駅に行くのとは反対の方向に歩いていくと、かなり大きな商店街があり、また別の路線の駅がある。この商店街を最近探険している。

住むところの条件として、いいソバ屋を挙げる人がいるが、私は、中華料理屋である。歩いて行けるところに、いい店があるといいな、と思っていた。

ここの街においしい中華料理屋さんはあることはある。「ヒナにはまれな」という感じであまりにもおいしい。おいしさが過ぎて、最近いろんな雑誌やテレビに出るようになった。

私が「〇〇に住んでいる」といえば、たいていの人が、「じゃ、××の近くかしら」というぐらい有名なのである。うちの夫は、三回ぐらい予約せずに行き、入ることが出来ずに、ぷりぷりしながらその都度帰ってきた。

「一度入れなかったのなら、どうして予約を取って行かないの」

私が聞いたところ、街の中華料理屋に、予約して行くのは腹が立つというのだ。しかし予約をしない限り、席に座れないのだから仕方ない。それでも夫は行く。懲りない男である。

ついこのあいだ、新聞に折り込みチラシが入っていた。近くの駅前にある中華料理屋さんだ。

「〇〇（店の名）が生まれ変わりました」

という文字が目に飛び込んできた。

「一流中国人シェフを迎えて、今までとは全く違う味をお楽しみいただきます」

ここまで書いてあると、行ってみたくなるのが人情である。このあいだの日曜の夜、夫と一緒に出かけてみた。扉を開けると、そう狭くない店なのにお客が二組しかいない。一瞬不安になったけれど、メニューを見て、豚肉とキャベツの炒め物などを注文する。味はまあまあと言ったところか。「生まれ変わった」前の味を知りたいと思う。

カウンターの中を覗くと、「一流中国人シェフ」が煙草を吸っているところであった。

さて、そして私はもうひとつ大きな開拓をすることを自分に課した。それは出来るだけ近いところで、いい美容院を見つける、ということである。

私は最近、青山のおしゃれな美容院に通っている。ここでカットをしてもらったり、パーマをかけてもらっている。誰かが、

「美容院を替えるのは、恋人を替えるよりむずかしい」

と言っていたけれども、かなりエネルギーのいることは確かだ。私はいろいろ移り気なことをして、やっと今の店にたどりついた。

ここから人を派遣してもらい、ヘアメイクをしてもらうこともある。そのくらい頼りきっているのだ。

しかし青山はかなり遠い。ちょっとブロウしてもらいたい、と思ってもすぐに行ける距離ではない。私は髪を整えるのがひどくヘタで、自分でドライヤーを持つとかえってバサバサになる。本妻は青山の有名店としても、ちょっとした欲望を満たしてくれる(何の話だ)愛人の店がどうしても必要なのだ。

私は歩きながら、あちこち物色するようになった。こうして探してみると、美容院というのは実に多いものだ。すぐ看板を見つけることが出来る。私はどれにしようかなあ、と目を凝らして歩く。狭い階段を上がっていく店は好きになれないし、看板がダサいのもイヤ。

「○○○夫の店」

などと掲げている店があったが、○○○夫さんなんて聞いたこともないが、この自信

たっぷりの書きっぷりはすごい。〇〇〇夫を知らない者が、この日本にいるわけないよなあー、といった感じの書きっぷりである。

私は選びながら歩いて、とうとう駅まで来た。ガードをくぐった駅前に、このあたりにしては、しゃれた店があるのを思い出した。全面ガラス張りになっていて、いかにも若い人が通ってきそうな店だ。私はここに決めて、ドアを押した。こちらに向けられる、美容師さんたちの射るような目つき。だから私は、初めての美容院ってイヤなんだ。まあ、女でこういう雰囲気が好きな人はいないだろうけれども。

「あの、予約してないけどいいですか」

「いいですよ」

あんまり嬉しそうでもなく、シャンプー台に連れていかれた。すごく若い女の子がブロウしてくれる。可もなく不可もなく、といったところか。

五日前のこと、この店に行くために歩いていたところ、一軒のアパートの前を通った。いや、アパートというのは失礼か。一階にブティックが入っている古い建物である。そこに「ヘア・サロン」と書かれた文字を見つけた。いつも通っているのに美容院とは知らなかった。言っちゃナンだが、本当に下駄履きアパートのようなドアなのである。ペンキが剝《は》げかかった木のドアだ。私はおそるおそる押してみた。中に男の人がひとりいて、女性をブロウしているところであった。私はあわててドアを閉めた。が、音に気づいたらしく、すぐドアは内から開かれた。男性美容師が顔を出す。

「何ですか」

「今、無理ですよね」

「二十分ぐらいあとでよかったら」

「じゃ、いいです」

というやりとりがあったので、結局駅前の店に行くことにした。

が、あの木造美容室が気になって仕方ない。家からわずか五分という距離なのだ。イチかバチか行ってみよう。またドアを開ける。お客が誰もいない。鏡の前に座る。ブロウしてもらう最中、美容師さんに尋ねられた。

「どうしてうちに来たんですか」

いちばん近いからと答えたけど、失礼だったろうか。そこの店はラックの中に「Ｈａｎａｋｏ」ぐらいしかなく、私は持っていったファッション雑誌を寄付した。ありがとう、とお礼を言われた。

なぜか私はここが気に入った。おたくを「マイ美容室」に本日任命します。

佐賀のルートヴィッヒ

指折り数えて待っていた、佐賀旅行の日である。

今から十年前のこと、佐賀新聞社主催で講演を頼まれた。終った後、

「うちの社長と夕食を……」

と言われた。新聞社の社長というから高齢の方を想像し、ちょっと億劫《おっくう》な気分になったのであるが、現れたのはとても若い方だ。髪を七三に分け、地味な眼鏡という老けづくりをしているが、肌がとても艶々《つやつや》している。お年を聞いたら三十一歳だという。お父さまが亡くなって、五年前に社長業を継いだそうだ。

一緒にご飯を食べ、お酒を飲んでカラオケをした。若社長にありがちな、気さくな有名人好きという感じでもない。頭がやたらよくて、その分毒舌家だ。

この時約束が出来上がって、一カ月後、夫と一緒にゴルフをした。その際、彼にこてんぱんに言われたのが、私がゴルフをやめるきっかけとなった。

「ハヤシさん、あなたみたいな人はゴルフをしない方がいいですよ」

それ以来、私は二度とクラブを握っていない……。

しかしどういうわけか、私と社長のナカオさんとは、すっかり仲よくなったのである。夫も加え、海外旅行へ出かけたり、おいしいものを食べたりした。オペラ、中でもワーグナーとワインをこよなく愛するナカオさんを、私は、

「佐賀のルートヴィッヒ二世」

と呼んでいる。この十年間、上京してくる彼と、何回オペラ鑑賞を共にしたことであろう。皮肉屋で口が悪く、時々むっとさせられるナカオさんであるが、博覧強記、歩く百科事典のような人で、私はこの友情を本当に大切に思っているのである。

さて、十年ぶりに佐賀新聞社主催の講演会にお声をかけていただいた。せっかくだから、もう一泊して、唐津、有田とまわって焼物を見ようということになった。ナカオさんがいろいろアレンジしてくれるという。

つい先日、電話があった。

「ハヤシさん、講演が終ったら佐賀市長と一緒にご飯を食べませんか」

「うーん、私ねえ、エラい人と食事をするの、ちょっと苦手なんだけど」

「ハヤシさん、それがハヤシさん好みのハンサムな人ですよ」

「えっ、本当」

「そう、そう、ハヤシさん、よく、秋田市長がいい男だとか書いてるじゃないですか。佐賀市長はですね、若いし、カッコいいし、秋田市長なんかよりも、ずうっと、ずうっといい男ですよ」

実のところ、私はそれほど期待していなかったのであるが、カウンター割烹に現れた市長を見てびっくりした。背は高いし、ふつうっぽいが甘いマスク。ナカオさんと同じ四十一歳で、二年前まで農水省のキャリアをしていたという。

エラそうなところがまるでなく、とても感じのいい方だ。

「ハヤシさん、佐賀っていうのにはどういうイメージお持ちですか」

「すごくいいんじゃないですか。気品っていう言葉がまず浮かびます。質実剛健、誇り高い男の人ってイメージかな。今はちょっとビンボーしてるけど、世が世なら、っていう感じ」

「佐賀というところは、地味な印象が強いんですよ。僕としてはもっとイメージアップしたいんですけどね」

「あら、私、無償の応援団になりますよ。いくらでも相談にのりますから、何でも使ってください。あ、そうだ、今度東京へいらっしゃる時にご飯食べましょう。私に出来ることでしたら何なりと……」

隣りでナカオさんが、つくづく呆れたようにため息をついた。

「ハヤシさんって、どうしてそんなに露骨なんですか……」

「あら、私はね、昔っからポリシーがあるのよ。一本筋が通ってるのよ。いい男には徹底的に親切にするってね。なんか文句ある」

そして次の日、東京から二人が加わり、唐津に向けて出発した。唐津に来るのは、例のゴルフ旅行以来である。しっとりとした城下町だ。私はここの名物の松露饅頭《しょうろまんじゅう》が大好き。以前唐津の本店で食べた焼きたてのおいしさは未だに忘れられない。さっそく出かけたところ、もう焼きたては終ってしまったという。しかしお土産に十五個入りの箱を買う。

「このあたりは、茶の湯が盛んだから、お菓子もさぞかしおいしいんでしょうね」

「まずいものもありますよ」

人の悪口を言わせたら、天下一品のナカオさんは、急に早口になる。

「佐賀は丸房露《まるぼうろ》がいろいろ売られてますけどね、××製の丸房露は、上等の小麦粉、最高のハチミツと卵を使ってるのに、混ぜ合わせると全然おいしくない。どうしてなんだろう。これなら別々に食べた方がずっといいじゃないかって、こっちは思ってしまうんです。でもね、最近すごくいい方法を見つけたんですよ。××製の丸房露に、ミルクをなみなみとひたしてチンをする。するとですね、ものすごくおいしいパンケーキが出来上がるんです。本当にうまいですよオ。僕なんか毎朝食べてるぐらいです」

こう聞いたら、誰だって食べたくなってしまうではないか。私は××製の丸房露をさっそく一袋買った。

もちろん窯元《かまもと》にも出かける。ナカオさんはすべてのことに詳しいが、焼物に関しての知識はそれこそ専門家顔負けだ。車の中でいろいろレクチャーを受ける。豊臣秀吉の朝鮮出兵から始まって、最近の作家の傾向をだ。

「△△さんの作品は、都会の人には評判がいいですね。癒されるっていうことですかね。でも僕は都会人じゃないですから好きになれません。僕のイチ押しは○○さんですね。この方の作品は素晴らしいですよ」

私はここでふだん使いの向こう付けとお皿を買った。次の窯元をまわる。シロウトの目から見てもレベルが違う。

「さっきの人とは、段違いですね。○○さんの方がずっとずっといい」

「えっ、ハヤシさんにも差がわかりますか。いやあ、たいしたもんですよ」

これってかなり私をバカにしているような気がするけど。が、仕方ない。ここは佐賀、今回つくづくわかったのだが、ナカオさんは地元の名士で、うんとえらい人だったのである。なんてったって、佐賀のルートヴィッヒ二世だもん。

カフェテラスの怪

流行《はや》り出すと、異常発生的に同じものがぞろぞろ出てくるのがこの街の特徴であるが、最近の原宿のカフェテラスの多さには驚くばかりだ。

表通りばかりではなく、一本入った裏道にさえ、その種類の店が増えた。あきらかに路地、あるいは公道というところだろうに、道幅いっぱいに椅子とテーブルを並べている。おかげで、私の毎日の買物の道順に大幅に変更が生じてきた。

青山通りのスーパーマーケットから帰る際、途中まで右側を歩き、今度は左側に渡る、また右側に戻って交差点を渡る、などとアミダみたいなややこしいことをしているのは、カフェテラスの前を横切りたくないためだ。全くあれぐらい不愉快なことはない。カフェテラスのテーブルの最前線にいるのは、たいていもの憂げな表情を気取っている若い男女で、その前を歩く通行人たちは、一人残らず彼らの視線の餌食になる仕掛けである。

見る人、見られる人、という優越関係が見事に成立しているこの風景を、私は二十年前に見たことがある。大学生の時に初めて出かけたパリ旅行の際、私がいちばん衝撃をうけたのが、ルーヴルでもベルサイユでもなく、このカフェテラスだったのだ。

あの頃はまだ日本人観光客も少なく、カフェに陣取るパリっ子たちは、かなり露骨に視線を送ってきたものである。歩いている時は、他人を不躾《ぶしつけ》に見ることのないヨーロッパ人であるが、静止している時は、本来の好奇心をあらわにする。その視線が決して暖かなものではないと感じたのは、初めての海外旅行で私がびくついていたからだけではあるまい。ショウウインドウにちらりとこちらの姿が映る。心細さから連れ立って歩く私たちの背は曲がり、顔の大きさがその姿勢の悪さをひきたてていた。

ああ、私って本当にみっともない東洋人なのだとつくづく思った。金髪と青い目に生まれなかったわが身を、私は瞬間呪ったものだ。ついには街を歩くことさえ嫌になって、旅の後半、ずっとホテルにひきこもってしまった私の自意識の幼さを、今でもそう笑うことは出来ない。

カフェテラスには確かにそういう冷ややかさがある。たとえわずかなコーヒー代であろうと、それを払って椅子を確保した時から、人々の不思議な優越は始まる。見る人がフランス人、見られる人が日本人だったら、その関係はなおさらであろう。

私はパリを訪れた多くの友人、知人に尋ねたが、やはりあのカフェテラスの前を横切る時、緊張と嫌悪が走ったと皆口を揃えて証言したものである。

あれから月日がたち、カフェテラスは突然日常的なものとなった。そしてあの奇妙な関係もそのまま輸入されているようなのである。テラスの客たちはいちように無口になる。後ろの方では、談笑するカップルやグループもいないことはないが、前から三列目ぐらいまでは、たいてい道路の方に向いて並んで座る格好になる。あたかも劇場に来た客たちのように、道路に対して直角に座るのだ。そして会話はいつか途切れていく。なぜならば、自分たちの会話よりも、目の前で刻一刻と起こる出来ごとの方がはるかに面白いからである。

表参道であるから、さまざまなファッションの人々が通る。

ねえ、今の女、見た—
ぜんぜん、あれ、似合わないよ—
あの外人、モデルだよね—
やっぱり脚が長いよねぇ

などという感想が途切れ途切れに始まるうちに、テラスの観客たちは次第に快感を手に入れていくはずだ。席に座っている間だけの短い快感にせよ、それがこれほど手軽に獲得できることに彼らは驚くであろう。

私って、マン・ウォッチングするのが趣味なんです。

こういうことを平気で言う若い女の子が、最近増えた。

電車の中とかでえ、人を観察するの大好きです。この頃はカフェテラスで半日座っています。

こういう女の子に、冗談じゃないよと怒鳴ったことがある。

自分をいったい何サマだと思っているの。そういうあなただって、誰かから見られているのよ。そもそもあなたにそんな権利はない。人を眺めて楽しんで、面白いなんて思うのはね、作家だけに許される権利よ。

と言いかけてハッとした。結局普段自分が行ない、自分だけの特権だと思っていたことを、東京中の女の子がやり始めた。そのことが許せないのではないのか。カフェテラスの女の子たちよりも、はるかに強い優越感を抱いていたのは、この私自身ではなかったのか。

物書きというのは、やくざな職業だ、まっとうな人間がすることじゃないと、私はよく口にし、かなり本気でそう思っている。しかし我々は視線において確かに特権階級であった。

他人を無礼なまなざしで見つめ、またそのことを筆にしても、作家だから許してもらえると思い、また事実そうであったろう。だが我々の立場はおびやかされつつある。多くの人たちが、見ること、観察することの面白さをおおっぴらに語り始めたからである。

せめてもの救いは、その面白さを、まだ文章にする能力を持っていないことであろうか。いや、そんなことはない。テレビにおいてシロウトとクロウトの区別がなくなったように、近い将来誰もが街で起こったことを上手に表現出来る日が来るかもしれぬと、かすかにおびえつつ、私は横断歩道を渡る。

異常な愛

最近怖くなる時がある。

これほど動物に対して愛情が深くなっていいのだろうかという思いなのだ。「生きもの地球紀行」といった番組は、せつなくて観ることが出来ない。山崎豊子さんの名作『大地の子』は、冒頭のネコが串刺しにされるシーンで本を閉じてしまった。

映画「風と共に去りぬ」は大好きで何十回と観ているのであるが、最近大変なことに気づいた。スカーレットが戦火の中、タラに帰りつく際、馬をムチで叩いて乗りつぶしていくのだ。画面では本物の馬が泡を吹いてくずおれる。動物虐待についてうるさく言わない時代の作品であるから、本当に撮影直前まで馬を酷使したのであろう。おかげでこのあたり、ビデオを早回しするようになったが、問題のところに近づくと、もう胸が波うってくるのがわかる。

動物愛護協会にも入会した。阪神大震災に際しては、人間の方にももちろん寄付をしたが、ペット基金にもいくばくかを送った。

こういうことをずらずら書き綴ると、

「それじゃあ、お前はステーキを食べないのか。かつ丼は食ったことがないのか」

などと言われそうであるが、実は以前ほど無心に食べられなくなったのは本当である。

何年か前、宮崎で講演した時のことだ。あちらの方と会食になった時、こんな話をうかがった。宮崎というところは、牧畜の盛んなところで、それに従事する農家が多い。肉牛は何年もかけて大切に育てられる。牛は子どもたちのいい遊び相手だ。私は近くで見たことがないが、黒々としたつぶらな瞳は本当に可愛らしいそうだ。

しかし別れの日がやってくる。牛を乗せたトラックの後を、子どもたちは名前を呼びながら、どこまでも追いかけていくそうだ。そして後で泣きながらこう言う。

「僕はもう、一生牛肉は食べない」

この話を聞いた時、私も思わずもらい泣きをしてしまった。それからは食肉売場をもはや無邪気に歩けないようになったのである。

紀ノ国屋スーパーあたりの、百グラム四千円とか五千円の見事なステーキ肉を見ている時はまだいい。あの生々しい肉塊が、かえって運命のいさぎよさを感じさせる。

「こんだけ立派な肉になったんだから、迷わず成仏しておくれ」

と知らず知らずのうちに、頭《こうべ》を垂れている私である。それよりも見るのもつらいのは、挽肉を見ている時だ。うちの近所の安いスーパーで、百グラム百二十円のパックを手にとる。白い脂肪ばっかりの、まずそうな牛肉である。おそらく、野菜炒めか何かになるのであろう。私はしみじみとした感慨にうたれる。

一頭の牛がいる。命があり感情もあった。それなりの青春をおくり、異性の牛に心をときめかせたこともあったであろう。広々とした草原を夢みたこともあったに違いない。その彼、もしくは彼女は、ある日殺され、こうして百グラム百二十円の挽肉になったのである。高級スーパーのぴかぴかのウインドウに飾られるステーキ肉ならまだしも、こんな挽肉ではさぞかし無念であろうが、私がちゃんと食べてあげるからね、とつぶやきつつ、私はそのパックを籠の中に入れる……。

とまあ、スーパーでこんなことを思いつつ買物している私は確かに異常である。自分でもこの動物に対する愛情は普通ではないと思う。こんな風になったのは、この三、四年のことだ。

ある日突然にこの「動物憐憫《れんびん》病」は始まったようなのである。私は時々自分の未来を想像する。ゴムのゆるんだスカートにくしゃくしゃの髪をした、ネコおばさんになるのはほぼ確実のようなのだ。近所の人から苦情がきたりすると、

「冷血漢！　人間なんかより、ネコの方がずっと上等さッ」

などといって唾を吐いたりするのではないだろうか。

時々そういうおばさんを見ることがあるが、人間と動物に対する愛情というのは、バランスがとれていなくてはならない。人間より動物の方がずっと大切だという人は、自分は不幸だと公言しているようなものだ。私はどうにかしてそのコースをたどることは避けたい。それにはまず、自分のいちばん身近な動物、ペットたちとクールにつき合うことから始めるべきであろう。

が、私はあることに気づく。私のうちのネコたちとは、決してベタベタした関係ではないのである。私のまわりの独身女によく見られるように、自分のことを「お母さん」などと呼んだことはない。以前、私の実家に連れていった時に、父がこちらを指し、

「ほら、お母ちゃんにエサをもらいなさい」

と言い、私は激怒したことがある。

「私はネコの母親じゃありません！」

私は、ベタベタと甘ったるい親子関係というものが大嫌いである。母性本能は、唯一見せびらかしても構わないと思い込んでいる母親たちにもうんざりしている。そういう世間の母親を非難したいのだが、「ひがみ」と言われることを怖れて、子どものいない女、独身女たちは口をつぐんでしまう。その替わりといっては何であるが、ネコや犬といったペットを溺愛する。仮想の親子関係と、けっして親に逆らわない子どもたちを設定し、その中で遊ぶ。自己完結していく。私はそういう女たちも大嫌いである。

ネコはあくまでネコ。決して「うちのコ」ではないのである。

おまけに私はペットをむやみに可愛がるこまめなところを持っていない。ネコに服やアクセサリーをつけるということもないし、ネコのために専用のクッションを用意するということもない。エサをやるのもめんどうくさい。もっと嫌いなのがトイレの砂交換で、疲れて帰ってきた時にはよくさぼる。

夫に言わせると、

「キミのネコは本当に可哀相だ」

ということになるらしい。

「めんどうはあんまりみないくせに、時々思い出したようにむちゃくちゃ可愛がったり、しつこいことをするんだから、ネコもいい迷惑だろうなあ」

なるほどよく見ているなと思う。興にのると私は、ネコをぎゅっと抱き締め強く頬ずりしたりする。嫌がるのをどこまでも追いかけることもある。比較的ヒマで、なにかわっと叫びたいような衝動にかられた時、手近なネコをいじるのである。

言い忘れたが、わが家のネコはミズオとゴクミという。ミズオの方は名前どおりオスで（私はこういう時も、絶対に男の子などとは言わない）、以前水玉模様があったことから名づけたものである。一方のゴクミは、もちろん美少女ゴクミからとったものだ。最近はあちらの方も子の親となり堂々たる押し出しだが、こちらのゴクミも昔は信じられないぐらいの美少女ネコであった。濃いアイラインが大きな瞳を縁どり、初めて見た人は「わあー！」と声をあげたものである。

私が〝飼い主バカ〟でない証拠に客観的事実を言わせてもらうと、このゴクミは「猫の手帖」というマニア雑誌の特大付録、カレンダーのモデルとなったのである。しかも一月の写真を飾ったという晴れがましさだ。「国民的美少女」という本家ゴクミのキャッチフレーズをもじって「国民的美猫」という愛称まで頂戴した。

このネコは美人は美人であるが、大層気位が高い。気の強さも無類である。いや、気位が高くて気が強いのは、美人に生まれつき備わっている性質かもしれない。以前知り合いのネコを預かった時、何となくすり寄っていったミズオに比べ、最後まで抵抗をみせたのはゴクミであった。カーッと歯をむき出し、相手を睨みつけていた。

私も気まぐれであるが、彼らはネコであるからして、私よりももっと気まぐれである。が、時たま双方の気分と利害が一致することがある。ひと仕事終った私が、

「どれ、ネコでもいじってやれ」

という気分になり、ネコのどちらかが、

「ちょっといじられてもよい」

と思う時がある。偶然を装って目と目が合う。それが合図だ。ネコはおもむろに私の足元まで寄り、軽くジャンプする。そして私の膝の上に乗る、寝そべる。私は彼らの腹

を愛撫し、ちょっとブラシをかけてやったりする。

彼らは最初のうちこそ、喉をゴロゴロいわせているのであるが、すぐに飽きる。突然立ち上がり、私の膝から机の上に移動する。しかし都合のいいことに、たいていの場合私もネコをいじるのがそろそろ疲れてきたなあと思い始めているのだ。私はまた仕事にかかり、それきりネコのことを忘れてしまう。

夜になる。ゴクミは当然の権利だといわんばかりに私の枕元に来て眠る。ミズオの方は足元だ。

「私って本当に白雪姫みたいよね。動物たちと一緒に眠るのよ」

私が言うと、夫はいつも「フン」と横を向く。が、その素っ気なさが私に安眠をもたらすのである。

このようにいちばん身近なものに対しては、理性的にクールになれる私が、どうして動物全般に対して、異常なまでの愛を持つのか。やっぱり人の指摘するとおり、中年期のウツの兆《きざ》しなのか。誰か教えて欲しい。

◆永遠の片思い

徹夜

久しぶりに徹夜をしてしまった。

いつもだったら、

「〆切りを過ぎても、殺されるわけじゃなし」

と、さっさと寝てしまう私が、十何年ぶりかで完徹をしたのである。仕事が全くもって、にっちもさっちもいかなくなったのだ。

その日は朝から打ち合わせがあり、その後ホテルで対談を二つこなした。夕方、近くの出版社へ行き原稿を書き、そのまま編集長と食事に行った。夜八時からのイタリアンであったが、ワインはほとんど口にしなかった。これからうちに帰ってからのことを考えると、空怖しいような気分になってきたからだ。

連載小説を一回分書くぐらいはどうにかなるとしても、明日はある新人賞の選考会である。長篇三冊分を昼までに読まなくてはならないのだ。まあ、それもクリアするとして、問題は朝だ。

なんと八時から、丸の内で朝食会が行なわれるのである。朝食会というのは、生まれて初めての経験だ。そういうのは財界のエラい人がするものだと思っていたのであるが、イベントに向けての会議を、朝食を摂りながらということになった。出席者十数人が集まることが出来るのは、朝八時からしかないという結論が出たのだ。

ハタケヤマが、朝の七時に無線タクシーを頼んでおいてくれた。朝に強い私であるが、身仕度の時間を入れると、六時半に起きなくてはならないだろう。ちゃんと目が覚めるだろうかとドキドキする。

イタリア料理を食べ、家に帰ってきたのは十時半である。編集長といっても、彼が新人の頃からの仲よしなので、ざっくばらんに話が進んだ。もっと早く帰るつもりが、ついこんな時間になってしまったのである。

さて、と深呼吸する。これからやらなければならない仕事の量を考えると、徹夜しなくてはならないだろうと覚悟した。着替えの後、すっかりお化粧を落とす。ダイエットの敵であるが、ピーナッツと昆布を用意した。とにかくものを嚙んでいなくては、ひとりで夜を過ごすことはかなりむずかしい。

紅茶をなみなみとマグカップに淹《い》れ、ダイニングテーブルで、まずはゲラ原稿を読み始める。ホラー小説大賞の原稿なので、つい読みふけってしまう。ホラーやミステリーの特徴として、いったん興にのるともう止めることができないのだ。連載小説の方は、明日にしてもらおうかとチラッと考えたが、やはりいけないことらしく、真夜中に電話がかかってきた。

「ハヤシさん、ページが白くなってもいいんですか」

作家がいちばんこたえる脅し文句だ。面白い応募原稿のゲラを置き、今度は自分の分を書き始める。

夜はしんしんとふけていく。テレビの深夜放送では、見たこともない若い女のタレントたちが、ものすごい嬌声をあげている。それが部屋の空気をさらに白々としたものに変えていくのだ。

暖房をつけているのにとても寒い。とても淋しい。人間やっぱりひとりだよな、ひとりで頑張って仕事をしていかなきゃな……というみじめな気分。これはとても懐かしいものだ。

そう、久々に味わう徹夜の気分である。独身の頃、しょっちゅう徹夜をした。あの頃はひとり暮らしのマンションと、仕事場とを別々にしていたので、忙しくなるとオフィスのソファで寝たものだ。

一九九六年に出版された篠山紀信さんの『定本作家の仕事場』という写真集の中に、毛布をかぶってマレンコのソファに寝ている、若き日の私の姿がある。今見ると、忙しがってヤナ感じである。が、単にだらしなくて、家に帰る手間を省いただけなのだ。

そして徹夜がそんなに嫌いじゃなかった、ということも大きい。しんと物音ひとつしない中で、ペンを走らせると確かにはかどる。寒い、せつない思いもなかなかよいものであった。

そして夜明けがやってくる。いつもとは違い、光が粘っこいような気がする。私は近くの朝早くから開けるパン屋さんへ行き、三角牛乳と菓子パンをよく買ったものだ。袋のまま頬張る。そうしてると、いかにも売れっ子という感じで、ちょっといい気分だったな。

しかしこのツケはすぐに来て、当時の私はよく貧血で倒れた。徹夜をして、その夜にアルコールを入れるから、急性の貧血を起こしたのだ。

もうあんな無茶は出来ない。だから今日、徹夜をしたことがちょっぴり晴れがましく嬉しい私。

案の定、ひどく化粧のりが悪かったけれども、強引に化粧をして迎えにきたタクシーに乗った。朝食会の会場へ向かう。エレベーターの前で出会う仲間はほとんどが寝ぼけまなこだ。物書きやクリエイターなど、やくざな仕事をしている人が多く、どうやらみんなにとって、朝食会というのは珍しい形態だったらしい。朝、絶対に起きられそうもないという理由で、なんと九人がこのホテルに泊まったというから笑ってしまう。夜明けまでお酒を飲んでいたらしく、そのうち四人が遅刻をした。

「ハヤシさん、よく起きられたね」

「だって私、心配で徹夜をしたんだもん」

子どものように自慢する私であった。

とはいうものの会議が終った後は、やはり頭がぼうっとなってしまった。帰りは地下鉄にする。ラッシュは過ぎたはずなのに、かなりの混みようだ。座れないものかしらとちょっといらついた。

私は徹夜で仕事をしたのよ。すっごく働いたんだもの。席を譲ってくれとはいわないからさ、ちょっと詰めてくれたっていいじゃない、という考えがわいた。かなり奇妙な、ハイの状態になっている。

いったん家に帰り、また都心に出てホテルでの選考会に出た。必死で読んだ甲斐があり、今年は伝統あるホラー小説大賞を出すことが出来た。とても嬉しい。夕飯にホテルのグルメショップで、揚げてあるビーフカツとコロッケを買う。徹夜したんだもの、このくらいの手抜きかつ贅沢をしてもいいよね。

考えてみると、今日いち日、会った人すべてに徹夜したと言いまくっていた私であった。ヒトって、こんな風に年とっていくんだね。

スター

つい先日のこと、ある俳優さんと対談をすることになった。

実は私、二十年来のこの方のファンなのである。今はかなり落ち着いたが、その昔は、傍目から見て相当おかしかったらしい。今でもよくネタにされる。

私はこの方を、映画で見て心を奪われた。それは地方の素封家の長男という役柄である。彼はかなり変わった娘を恋人にしているが、彼女は自立を目指して、あっさりと故郷と恋人を捨てるのだ。そのまま街に残っていれば、かなり金持ちの跡取り息子の奥さんになれたはずなのに、かなりもったいない話だ。けれども彼女はそうした人生をよしとせず、ひとり冒険の旅に出る。当時こうしたテーマの映画がかなり作られたが、中でもこれは名作の呼び声が高い。それも私の好きなあの方が出ていたからだと確信している。

女が乗った列車が動き出す。デッキに立つ彼女。そしてドアのところであの方は叫ぶ。

「バカヤロー！」

睨みつける。その時、体が震えるくらい感動した。男の人にここまで愛される主人公が心底羨しかった。スクエアで古風な男の魅力を、あれほどうまく表現した俳優さんを私は知らない。

その頃あの方は、知る人ぞ知る俳優さんであったのだが、二年後にドラマがあたって大ブレイクした。主演した映画もすごい人気になった。

この方の人気がわっと上がった時と、私が世の中に出てきた時とが奇妙に一致した。その結果、普通ならあり得ないことが起こったのである。

つまり、それまでスクリーンやテレビで仰ぎ見、憧れていたスターと私は会うことが出来たのだ。そういう幸運を突然手に入れたのだ。

私が舞い上がるのも無理はない。その方が独身だったらいいなあ、と本気で思ったものだ。どのくらいおかしくなっていたかというと、私は彼に捧げる小説を書いているのである。

それはすべて主人公が、マリコという名の短篇小説である。マリコは、ある時は異国で暮らす外交官夫人だったり、あるいはサナトリウムで暮らす薄幸の少女だったりする。そして各小説に出てくる恋人は、すべてあの方の名だ。つまりこれは、わが国では珍しい純粋妄想小説なのだ。今だったらストーカー小説と言われるかもしれない。

しかし女の身の上で、出来るのはせいぜいこんなところである。そこへいくと男の人というのはすごい。運命をぐっと自分の方に、引き寄せる感じがする。

ややトウの立ったかつてのアイドルと、今売り出し中のコメディアンとが結婚する例は多い。彼女のどういうところが好きになったのかと記者会見で聞かれ、ぬけぬけとこんなことを言う。

「そりゃあ、僕らの世代は、彼女のブロマイドや下敷きを買ってましたからね」

彼がどこかの高校の悪ガキだった頃、まぶしく微笑んでいるアイドルがいた。なんて可愛いんだろうと、写真をしげしげと見つめていたに違いない。見つめながらも、自分とは全く別の世界の人だと思っただろう。やがて彼は芸能人となり人気者となった。するとすぐ近くに、かつてあれほど憧れていたスターが立っていたのである。しかも彼女のこちらを見る目は、あくまでも同業者へのそれだ。ファンに与えるようなものとは全く違う。

初めてキスをした時なんか、天にも昇る気持ちになったろう。

彼女が結婚をOKしてくれた時は、それこそわが身の幸福が信じられず、頬をつねったりしただろう。

聖子が何だかんだ叩かれながら、まだ女性に根強い人気を持つのは、初期の頃にヒロミ・ゴーを恋人にしたからである。

本当かどうかわからないけれど、聖子の昔の同級生という人がインタビューに答え、こんな風に言っている。

「中学生の頃から、私は絶対に郷ひろみと結婚するんだ。披露宴はニューオータニでするんだってよく言ってました」

田舎の女の子が、こういう妄想を抱くのは珍しくない。いや、妄想にまで成長していない、夢といった方が正しいだろう。

聖子のすごいところは、その夢がほぼかなったことだ。ヒロミ・ゴーとは結婚するまでには至らなかったが、来世で結ばれようと誓ったくらいの恋人になった。

ものすごく下品な言い方をすると、聖子は夢の男と寝ることが出来た希有な例なのである。これには多くの女が羨望よりも共感したと思う。

そうか、女だってこういうことが出来るのか。うんと出世して、うんと有名人になって、妄想の世界を共に生きたあの男と仲よくなれるんだ。

私に聖子の魅力と甲斐性とがあれば、あの方とどうにかなったかしらん。まあ、あの方の真面目な性格からして、そんなことはあり得ないと思うワ、などと私は久しぶりに妄想の世界へ入っていくのである。

が、その妄想もこのへんで打ち切ろう。みじめな気分になったら困るものな。

私の場合、というよりも作家はみんなそうしたものであろうが、他の作家、それも尊敬する大好きな先輩に会えるというのは、芸能人以上に興奮する。初めて松本清張氏を見た時は嬉しかったなあ。あと村上龍さんと初めて会った時も興奮した。最近そういう情熱がぐっと少なくなったような気がする。

対談が終りに近づいた頃、私は言った。

「あれから私、あなた以上にファンになった人はいません」

これは本当は、

「あれから私、あなた以上に愛した人はいません」

という愛の告白なのである。

「あ、そりゃどうも」

と、私の旧《ふる》い恋人は、とまどったように笑った。それほど嬉しそうには見えなかった。だけど私が好きなのだから仕方ない。ファンというのは、永遠の片思いの人のことであるが、これだけ続けば我ながら立派だと思う。

行列

先週のこと、私と夫は朝早い〝のぞみ〟に乗った。皆さまより一足早く、大阪の「ユニバーサル・スタジオ・ジャパン」に遊びに行くためである。

先月のこと、友人のA君から、夫の元へメールが入った。

「親愛なる友人の皆さん、どうか僕の職場に遊びに来てください」

A君というのは私たちの古い友人である。普通の会社に勤めていたのであるが、〝ディズニーおたく〟ぶりがすごかった。

ずっと以前、一緒にディズニーランドに遊びに行った時のことだ。その日は何周年かのアニバーサリーで、招待状の中に軽食券が入っていた。ハンバーガーにポテトといった本当の軽食だ。いただきます、と手をつけようとしたところ、

「ちょっと待ってください！」

とA君の叱声がとんだ。

「皆さん、気づかないんですか。この皿の形とパンの形で、ミッキーマウスの顔になってるじゃありませんか」

なるほどよく見ればそうだけれども、だから何なのよ、という感じ。お腹が空いていた私は、構わずハンバーガーにかぶりつこうとした。

「いけません。これは特別のメニューですから、ちゃんと記念に残しておかなければ」

彼は私をつきとばすようにして、皿をビデオで撮り始めたのである。それも延々と……。

ディズニー業界というのがあるかどうかは知らないけれど、業界で彼の名前は有名だったらしい。なんと「ユニバーサル・スタジオ」からスカウトされたのである。私は喜んだ。

「オープンの時は招待してね。人より早くプレビューの時に入れてね」

この時の約束を彼は憶えていてくれたのである。三月三十一日のオープンまで四回、土曜日にプレビューがある、そのうちどれかにいらしてくださいというメールが入ったのだ。

私がどこそこへ行こうと誘うと、十回に九回は「興味ない」とすげなく拒否する夫であるが、「ユニバーサル・スタジオ」にはいたく心を動かされたらしい。本当に珍しく、夫婦二人で仲よく出かけることにした。

私は特集を組んでいる「ぴあ」を、新幹線の中で熟読する。絶対にはずせないのは「E．T．アドベンチャー」「ターミネーター2：3D」「ジュラシック・パーク・ザ・ライド」であろう。

「オープンしたらすごい行列だと思うけどさ、今日はプレビューだからすぐに入れるよ。だからここは絶対に見ようね」

と傍の夫に言った。

しかし会場に着いたら、中は人で埋めつくされている。地元の人やスポンサー関係をかなり招《よ》んだらしい。

「先週の土曜日だったら、待たずに入れたんですけどねえ。こんなの初めてです」

途中で落ち合ったA君がすまなさそうに言う。「E．T．アドベンチャー」は四十分行列をした。「ターミネーター2」に並ぼうとした時、やはりA君から招待されたB夫妻と携帯で連絡がついた。彼らはめいっぱい見ようと、昨夜から大阪に泊まっていたのだ。

「ターミネーター2」は、最新の映像技術で3Dスクリーンからロボットが飛び出すらしい。私はこの種のものがとても好きだ。わくわくしながら行列に並ぶこと一時間、しかし列は少しも動かない。何かおかしい、何かヘンだと思った頃、アナウンスがあった。

「ただ今、故障が起こりましたので、しばらくお待ち下さい」

私たち四人はあきらめて列を抜けることにした。

「やっぱり最後にこれを見ましょう」

私が強引に主張して、「ジュラシック・パーク」のアトラクションの列に並んだ。「ただいま待ち時間一時間半」とある。すぐいらついて不機嫌になる夫とだったら、おそらくこの待ち時間は耐えられなかっただろうが、温厚なB夫妻が加わり四人となったから心強い。男同士、女同士で世間話が始まる。この間、蛇行している行列はじりじり動く。一時間経過、やっと建物が見えてきた。が、〝ああ〟と私は失望の声をあげる。建物に入ってからも、くねくねとした行列はずっと続いているのだ。

ここのところ、これほど長く行列をしたことはない。辛抱の出来ない私は、食べ物屋さんやチケット売場の列を見るたび、すぐあきらめて「まわれ右」をするからだ。けれどはるばる大阪まで来て「ジュラシック・パーク」を見ずして帰ることは出来ない。私はところどころ置かれている水呑み場の水をちゅっと飲んで自分を励ました。

やがて一時間半経過。次第に寒くなってくる。けれどもボート乗場が見えてきた。もうじきだ。頑張ろう。

やっと最前列に立った。我々の前にボートが来る。乗り込む。もう疲れと期待とで私は口がぱくぱくしてきた。ボートは恐竜の住むジャングルを進む。やがて彼らが大暴れしている発電所の中へ。すごいスピードで暗闇の中を進む。光が走った。その瞬間、我々は巨大な滝を落下していったのである。

とても面白かったけれども、最後は恐怖のあまり目をつぶり、何も見ていない。ボートから降りて驚いた。私たちが滝に落ちていく瞬間を写真で撮って、それが売られているのだ。私はギャーッと絶叫している。夫はムンクの「叫び」のように顔がゆがんでいる。Ｂ氏は顔をひきつらせている。が、Ｂ夫人の姿が消えていた。彼女は恐ろしさのあまり、顔をうつぶしているため写真に写っていないのだ。

結局中年には、待ち時間五時間が限界ということで家路に着いた。心斎橋で、Ｂ氏が予約してくれた店でおいしい和食を食べた。最終の飛行機で帰るというＢ夫妻と別れ、私たちは地下鉄で新大阪駅へ向かう。ところが乗った電車が新大阪まで行かず、途中が終点となった。駅のベンチに座り次の電車を待つ。かなりお酒を飲んだ私は、ぼうっとしてしまいベンチに倒れそう。電車はまだ来ない。最後の最後まで今日は本当によく待った一日である。

自分はそういうことに耐えられない人間だと思っていたが、そんなに嫌じゃなかったというのは大きな発見であった。

テーマパークというのは、こんな利用の仕方もあるのか。人間鍛練の場でもあるんだな。

私の先輩

今日、ある集まりから帰ってきた。それは日本でも有数の財団の理事会である。私が四年前から、ここの理事をしているというと、たいていの人は「えーっ」と驚く。私とあまりにも結びつかないからであろう。

海外援助のために何十億という基金を動かす財団で、理事や評議員の方たちは、いわゆる財界の重鎮が多い。私の目の前にそういう方々がずらりと並ぶと、私はふうーんと、ある感慨にうたれるのである。

子どもの頃から「人間は外見で判断してはいけない」と、親や先生に言われてきた。しかしこういうすごいメンバーを見せられると「人品骨柄」というのは本当にあるのだなと思う。

帝国ホテルやオークラの玄関で、黒塗りの車から降りてくるのが似合う方、地位が内からにじみ出て、従業員はおのずから頭を垂れるという感じであろうか……。

私がなぜここの理事になったかというと、知り合いの知り合いに頼まれたからである(たいていの人がそうだろうが)。

元々めんどうくさいことが嫌いな私であるが、そういう年まわりといおうか、世のしがらみといおうか、ここまで生きてくれば断わり切れないことだっていくつか出てくる。女性の文化人で、各省庁の審議委員を幾つやってるかということを経歴に書いたり、誇りにしている人がいるが、私には関係ないことだと思っていた。

一応物書きを名乗るからには、反骨とか反体制を気取っていたいではないか。ところが、つい面白そうとか、知っている人に頼まれたということで引き受け、まわりの人から、

「ミスキャスト!」

と非難される。しかしもうひとつ、

「なんであなたが!」

と人々が首をひねる理事も、引き受けているのだ。それは「格闘技振興財団」の理事である。こちらの方は、

「ぴったりじゃん」

という人もいて、なんだか複雑な気分だ。

忙しくてあまり出席出来ないが、レスリング界やボクシング界の代表の、ほれぼれす

るような体つきの男の方がいらしていて、こちらも見ているだけでとても楽しい。さすがの私も、この中に入るとてもきゃしゃに見える。

この私と全く無関係ともいえる財団にどうして入ったかというと、ここを取り仕切っている東京スポーツの社長が、私の高校の先輩なのである。

私の卒業した山梨の高校は、旧制中学の流れを汲むところで、先輩後輩の序列がとても厳しい。今はそんなことはないらしいが、昔は地元で飲んでいて、隣りに座った人が後輩だとわかると、おごらなくてはならないというきまりがあった。

人々の会話も、何年卒業、というところから始まるのである。自分より少しでも先輩だとわかると、絶対に敬意をはらわなくてはならないというのが地元の風習だ。

東スポの社長から言われた。

「ハヤシさん、こういう財団っていうのは、とにかくひとり女の人を入れなきゃいけないんだ。僕は女の人っていうと、ホステスさんや芸者さんしか知らないからよろしく頼むよ」

大先輩に頼まれ、断わることがどうして出来ようか。

それに、

「東スポの社長が、高校の先輩なの」

というと、この業界でちょっとエバれていい気分である。

先輩といえば、私にはもうひとりすごい方がいる。現在、資生堂の社長でいらっしゃる方も、うちの高校の先輩なのである。

先輩なので資生堂の社内報で対談を、と聞いた時には驚いた。私が東京の有名私立校の出身だったら、そう不思議はないかもしれない。しかし私の出た高校は、山梨の田舎のバンカラ校である。ここから日本の美のビジネスのトップに立つ方が出たのである。が、社長の名誉のために申し上げると、もともと都会の方なのだが、戦争中から戦後にかけての疎開組ということである。これは東スポの社長も同じ事情らしい。いずれにしても、誰もが知っている企業の社長が二人、先輩ということはなんとも嬉しくハナが高いことである。

ところでつい最近のこと、あるタレントさんと対談をすることになった。彼女が本を出したばかりということで、そこの出版社の人が三人もついてきた。宣伝部の人と名刺を交す。ここの出版社とはよく仕事をしているが、その方とおめにかかるのは初めてである。

名刺の苗字に思いあたることがあった。私の故郷に非常に多い苗字なのである。

「おたくの〇〇さんには、いつもお世話になっています」

「こちらこそ」

などという世間話を始めたところ、この人はなんと甲州弁丸出しなのである。

「失礼ですけど……」

私は言った。

「そちらは山梨のご出身じゃないですか」

「そうですよ。ハヤシさんの先輩です。同じ高校です」

この業界で、うちの先輩に会ったのは二人めである。なんだかやたら緊張して、敬語を使いまくる私。それに正比例して、向こうはなんだか態度が大きくなったような気がする。

それはいいとして、対談をする私の傍で、同僚と二人べちゃくちゃ打ち合わせを始めるではないか。すぐに終るかと思ったところ、だらだらと続く。気が散って話が全く出来ない。

いくら先輩だって、していいことと悪いことがあるワ、と私は決心した。

「すいません、話なら外でしてください」

あたり前のことであるが、あの高校の後輩としてはかなり勇気のいることであった。ちなみに私は同窓会にもいかないし、講演会も断わっているのでかなり評判が悪い。だってあそこの人たちって、本を読まないし雑誌も手にしない。私が何をしているかほとんど理解してくれていない。けんもホロロの扱い方をされる。そんな田舎の高校を出て、私はけなげに頑張っているわけだ。

天ぷらの恨み

春休みを利用して、ドイツから姪と甥がやってきた。小学生の彼らは、関西から父親の赴任地へと向かったので、一度も原宿を見たことがない。

山梨のおじいちゃん、おばあちゃんのところへ行く前に、わが家に二泊することになった。私も忙しいので、近所のお鮨屋から出前を取ることにする。ところが夕方になって、大きなダンボールが届いた。中には何と、大きな車海老が十尾、蟹が二ハイ入っている。しかもこれ、皆さんすべて生きていらっしゃるのだ。

このページをずっと読んでくださる読者の方は、記憶の隅にあるかもしれない。今から二年半前、生きている伊勢海老をもらった私は、料理することが出来ず、近所の友だちにゆでてもらった。その時彼らは死にものぐるいで暴れたらしく、鍋からひき上げた時は、足がかなりもげていたのである……。

あの時の恐怖をまざまざと思い出した。

「どうする、どうしよう」

弟の連れ合いと、遊びに来ている親戚のＯＬと三人で顔を見合わせる。

「私、生きてるものは、料理出来ない」

「私だって。シジミを鍋にかけるのだってイヤだもん」

いっそのこと誰かにあげたいくらいだが、ここは引越して間がなく親しいご近所さんもいなかった。

こうしていても仕方ない、天ぷらにしましょうと私は立ち上がった。粉と卵、冷水をちゃかちゃかと合わせ、油を火にかける。この勢いで車海老を料理しようと思ったのだ。ところがオガクズの中から、車海老をつまみ出そうとしたところ、その元気のいいこと。私の指から逃れ、床に落ちぴょんぴょん跳ねる。

「キャ〜ッ！」

と女三人は悲鳴をあげた。しかし母の力は強い。

「ドイツはまずいもんばっかりだよ。じゃが芋しかないんだよ」

と姪は嘆いていたが、そういう子どもたちに、おいしいおいしい天ぷらを食べさせたいと思ったらしい。弟の連れ合いが顔をひきつらせながら、オガクズの中から海老を取り出した。それをまな板の上に置き、ＯＬのコが首をカットする。まだぴくぴくしているのを、弟嫁はボウルの中にひたし、油の中に入れる。

私は二人を励ますだけであったが、さっきまで生きていた車海老の天ぷらはすこぶるつきのうまさであった。

この頃、揚げ物が好きになって仕方ない。前から好きだったのだが、最近はさらに食べたいと思うようになった。今、私のやっているダイエット法だと、油はＯＫなので、その心理的作用も大きい。

ついこのあいだ、用事があって青山の裏道を歩いていた。キラー通りから青山通りへ抜けようとしたのだ。その途中、「まい泉」の本店があった。東京の人なら誰でも知っている、トンカツの専門店である。トンカツか、食べたいなあーと思う。でも女性がひとりで、トンカツを食べるのには抵抗がある。時計を見た。十一時になったばかりだ。この時間ならまだ客は少ないだろう。勇気を出して入っていった。カウンターに通された。厨房がよく見えるところだ。黒ブタのロースを頼む。キャベツがたっぷりついていて、そのおいしいことといったらない。

昼食時の喧騒にはまだ早く、カウンターには私以外二人いるだけだ。そのうちひとりは若い女性である。

熱々のトンカツをゆっくりと嚙む。ああ幸せ。男の人だったら、ビールの一本でも頼むところであろう。揚げ物は、やっぱりこんな風に目の前で料理してもらい食べるのがいちばんおいしい。

揚げ物といえば、人形町の有名店に連れていってもらったことがある。白魚の天ぷらが食べられる季節だから、皆で行こうということになったのだ。名人とうたわれるご主人は、カウンターの私たちと気楽に話しながら、楽々と材料を鍋にすべらせていく。が、それは、〇・一秒という時間の勝負らしい。よく言われることであるが、天ぷらと鮨というのは、絶対にプロのものを食べなくては駄目だということが、カウンターに座っているとよくわかる。それでいて、天ぷらというのはかなりお安い。高級天ぷら屋さんでも、タカがしれている。私はこの頃、目の前で火と技を見られて、数千円で食べられる天ぷらを、本当にいいなあと思うようになっている。

ランチにしか行ったことがないけれど、銀座にある小さな天ぷら屋さんも、私の大好きなところだ。ここの名物はサツマイモで、大きなものを丸ごと揚げてくれる。サツマイモに目のない私にとって、これはもう書いているだけでツバが出てくるほど素敵な一品だ。

このおイモの天ぷらはコースとは別で三十分から四十分かかるため、まず最初に注文してくださいと但し書きに記してある。

つい先日、若い友人二人とここのカウンターに座った。彼女たち二人は私の左に並び、私の右側は四人の女性客。どうやら、おばあちゃんと孫のお嬢さんたちが来ているらしい。とても楽しそうに食事をしている。

すべてが揚がり終った頃、私たちの前に、二個の黄金色に輝くサツマイモが置かれた。ちょっと冷まして割ってくれるのである。多過ぎるかな、と思ったのだが若い人たちなので、二個注文しておいたのだ。

それを見たおばあちゃんが言う。

「私たちにも、これ揚げて頂戴」

「すいません。時間がかかるんで、最初にご注文いただかないと」

「えー、だってこれを楽しみに、鎌倉から来たのよ」

私は左隣りの彼女たちにそっと尋ねた。

「ねぇ、おイモ、二個は多過ぎない？」

が、おばあちゃんの会話を聞いていない彼女たちは、ご馳走する私に遠慮してきっぱりと言う。

「いいえ、私たちみんないただきます」

やがて二個のおイモは、三等分され、それぞれの皿に置かれた。

「私、おサツ、食べたかったのよ。楽しみにしてたのよ」

とおばあちゃんが言い続ける。私はせめて自分の皿のものを勧めようかと思ったのだが、知らない人から食べ物をもらうのも気分が悪いかも。でも知らん顔している私って、すごく意地が悪いかもと、思いは千々に乱れ、とても喉に通らなくなった。

揚げ物は正面を見るだけでなく、カウンター席の左右にも目くばりする料理なのである。

細うで繁盛記

新珠三千代さんが亡くなった。

七十一歳だと聞いて、ああ本当に月日は流れたのだと、しみじみと思わずにはいられない。

私は年代的に、森繁久彌さんと共演した映画は見たことがないが、テレビの新珠さんはよく知っている。「細うで繁盛記」は大ファンであった。

私は昔から、スポ根ならぬ商根ドラマが異様に好きで、小学生の時いちばん好きなドラマは「横堀川」であった。山崎豊子さん原作の、いわゆる浪花商売ものである。吉本興業創始者・吉本せいの生涯を描いたと言われる『花のれん』と、昆布問屋の主人が出てくる『暖簾《のれん》』とをくっつけたものだと記憶している。メリハリのある話づくりは、子ども心にも本当に面白いと思った。もしかすると、私の小説家としての原点は、あのドラマだったのかもしれない。

「細うで繁盛記」にしてもそうだ。善玉、悪玉がはっきりしていて、主人公が努力したことはちゃんと報われる。苦難に遭いながらも、最後は勝利をつかむというプロセスは、少女の私に快感を与えてくれたのである。

毎週あの番組を、どれほど楽しみにしていたことだろう。私だけではない。当時「細うで繁盛記」は日本中大人気であった。今のように視聴率がどうのこうの言う時代でなかったが、とにかく私のまわりに、あのドラマを見ていない人は、一人もいないくらいの凄い人気であった。

旅館に嫁いだ若いお嫁さんが、まわりに苛《いじ》められながらも、家業を発展させるストーリーである。意地の悪い小姑役の冨士眞奈美さんが実にうまかった。もともとが大変な美人なのに、厚い眼鏡をかけ、もっさりした服に静岡弁丸出しだ。

「おみゃー、そんなことも、知らないズラ」

これが大受けしたのである。

高校時代、風邪をひいて一日休んだ。次の日登校すると、クラスの皆がニヤニヤしながら私を見ているではないか。学園祭に劇をやろうということになり、今、大人気の「細うで繁盛記」のパロディということになった。そして全員一致で、主役の正子役(冨士眞奈美さんが演じられた小姑)は、私に決まったというのだ。

「ひどいじゃん。私の休んでいる間に勝手に決めるなんて」

と必死で抗議したが始まらない。あっという間に誰かが台本も書いてきた。そうなると元来ノリやすい私である。役づくりにかなり凝った。

母親の古いワンピースを着て、丸い眼鏡をかけた。そして髪をひとつに結ぶと、私は本当に正子さんそっくりになったのである。

自分で言うのもナンであるが、このパロディ劇は、爆笑につぐ爆笑であった。あまりにもウケたので、将来は舞台女優になろうと思ったぐらいである。

この劇が終った後、出演者皆で撮った写真がある。加与（新珠三千代さんの役）は、クラス一の美少女が演じていた。劇の中で、私は彼女をさんざんいたぶったのである。ハッピを着て、いちばん右に立っているのは、私の夫役のA君である。スポーツマンらしい愉快な人で、本当に仲がよかった。今は高校で体育の先生をしている。このあいだ同窓会誌を見ていたら、A君が出ていて、こんなアンケートに答えていた。

いま、いちばん会いたい人はという質問に、

「高校時代の仲間。あの頃に戻れたら、どんなことでもする」

とあった。彼もおそらくあの学園祭のことを思い出していたのだろう。

新珠さんの訃報を聞き、私はしばらくノスタルジアにひたっていたのである。本当に年をとるのは早いよなあ。あの頃高校生だった私たちが、今じゃおじさん、おばさんだものなあ。「細うで繁盛記」を知らない人も増えたしなあ……。

ところが今日、テレビを見ていて驚いた。「細うで繁盛記」の平成バージョンとしか思われないものが始まっているではないか。観月ありささん主演のドラマである。大金持ちと結婚したものの、あっという間に未亡人となり、亡夫の遺した旅館を切りまわす、というストーリーだ。

まだ第一回めだからどうなるかわからないが、元モデルの現代っ子が、どのようにして接待業のプロになっていくのかとても楽しみだ。冨士眞奈美さん演ずる正子さんのような強烈なキャラクターはいないようだが、前妻の子どもが、いわゆる小姑役ということであろうか。

それにしても、うまいところに目をつけたものである。リバイバルを狙わなくても、今、旅館の女将《おかみ》というのはかなり注目の職業である。女性向けの雑誌のグラビアをめくると、日本各地の名旅館の女将さんが出てくる。ちょっと年がいった人もいるし、若い人もいる。着物の趣味がよくて、美人が多い、というのは昔からかもしれないが、今はこれにプロデュース的能力が加わる。

私の知っている何人かの方々は、イベントを企画したり、スクールを開校したりと、いろんなことにとても積極的だ。

由緒ある建物のホールを使い、小さなコンサートや講演会を開く。若い女性向けの着付け教室、マナー教室を開く、などと次々企画をうち出している。もちろん他人には見えないたくさんの苦労もあるであろうが、旅館の女将というのは、やり甲斐のある素敵なお仕事だなあ……。

「ですけど、息子にお嫁さんがいないんですよ。ハヤシさん、どなたか紹介してくれませんか」

と、冗談めかして頼まれたことがある。私はとっさに、妹分の年下の友人の顔を思いうかべた。彼女だったら美人だし頭がいい。ただのOLじゃいやだと言っていたから、旅館の女将さんなんか最高じゃないだろうか。クリエイティブなことを、自分ひとりの裁量で出来るのだ。

「そして、私専用の部屋をいつも用意してもらって、うんと安く泊めてもらうの」

あの日、正子さんを演じた根性が、未だに続いているようなのである。

○○の会

うちの夫は、いつも私に怒る。

「どうして、そんなにしょっちゅう出歩いてるんだ」

週に何度も人とごはんを食べるのは、夫のような技術系サラリーマンから見ると、どうしても納得出来ないようだ。

といっても、土日は基本的に家にいるし、そう毎晩夜遊びをしているわけではない。そもそも編集者とのつき合いをほとんどしなくなった。よっぽどの用事がない限り、編集者と食事をするということはない。よって打ち合わせと称しての食事会や飲み会とも無縁のはずなのに、どうして私はこんなに忙しいんだろう。

それは「○○の会」が、あまりにも多過ぎるせいだ。何かをきっかけに、数人が集まってごはんを食べたり飲んだりする。その時あまりにも楽しいので、

「今度このメンバーで定期的に会いましょうよ」

ということになる。一カ月だと忙し過ぎるので、二カ月に一度ということに決める。二カ月に一度ぐらいのことならどうということもないだろうと最初は思う。

ところがこの「○○の会」をたくさんしているために、スケジュールはとても忙しいことになってしまうのだ。

ちなみに昨夜は「巨牛の会」であった。焼き肉を中心に食べ歩きする会である。参加しているのは、ちょっとお金持ちめのビジネスマン、家庭の奥さんで総勢七人。

「ものすごいおいしい焼き肉店に集合」

ということで、地図が送られてきた。行ったことのない下町である。駅から不便な場所にありタクシーを使ったところ、思いの外早く着いてしまった。あたりを見わたす。何もないところで、喫茶店、カフェも探したが見当らない。私は仕方なく、三十分も早く店に行き本を読ませてもらうことにする。

やがてみんながぱらぱら集まり始めた。ここの店は昔ながらに炭火を使っているため煙がすごい。隣りの人の顔も見えなくなるぐらいだ。上着を脱いでビニール袋の中に入れてもらう。

キムチ、カクテキ、ユッケの後に、カルビが運ばれ、いよいよ戦闘開始という感じになる。痩せた女性も多いのに、みんなが同じスピードで焼き肉にかぶりつく。最後は鍋に残った肉汁を、うどんにからませて食べた。

ものすごい肉の量を食べたと思う。

今朝起きたての夫が、

「すっげえにおい。ニンニクのにおいが家中に充満してるぜ」

と悲鳴をあげたぐらいだから、においも相当だったに違いない。

そしてうってかわって、今夜は「ワインの会」ということで、新橋の料亭へ向かう。これぞと思う一本をかかえて、みんな店に集まり、いろいろ解説しながら空けるのだ。

こちらもビジネスマン、証券会社のディーラーといった人たちが仲間になる。ワイン通が多くて、それこそものすごい銘柄のものを出してくるのだ。しかし安くあがるのは、「巨牛の会」にしても「ワインの会」にしても、ワインはすべて持ち込み、料金は割りカンでその場で払う、という決まりが徹底しているからに違いない。

この他にも幾つかの会に所属しているのだが、二カ月か三カ月に一度だからとタカをくくっていると本当に大変なことになる。あっという間にその日がやってくるのだ。

先週は「桃見の会」であった。こちらは年に一度の恒例のもので、私の担当編集者の方たちが中心である。みんな忙しそうだったので、一時中断していたのであるが、

「もう一回、あのすごい桃源郷を見たい。もう一回やってほしい」

という声があまりにも多く、七年前から再開した。四十人ぐらい参加するので、原宿からバスに乗っていく。バスのフロントガラスには「桃見の会」という紙が貼られてい

て、いかにもそれっぽくて楽しい。昨年まで、

「林真理子さんと行く桃見ツアー」

というポスターが貼られていたのであるが、あわてて「林真理子さんと」という文字を取ってもらった。こういうのって目立つし、すごく恥ずかしいものだ。

さて、今回も私たちは知り合いの桃畑の中に入り、その下でバーベキューをした。山梨名産モツの煮つけ、馬刺し、野菜の煮物といったものが並ぶ。私の従姉に頼んでつくってもらうのだ。

仕上げのほうとうの他に、お握りも六十個握った。もうこんなもの、若い人は喜ばないのではないかと思っていたが、あっという間になくなってとても嬉しかったと従姉は言う。

お礼を言おうと電話したところ、向こうがはずんだ声をあげていた。

「みんな、おいしい、おいしい、って食べてくれたから、一生懸命つくるのに張り合いがあるよ。私もこの行事、楽しみにしてるのよ」

毎年おいしい食べ物だけではない。さりげなく美女もお誘いすることにしている。

六年前のゲストは俵万智さんで、バスの中で句会をしたのも楽しい思い出だ。昨年は私のパソコン指南をしてくれた、IT関係の会社に勤めている若い女性であった。優香そっくりの可愛コちゃんで、男性陣は大喜びであった。しかしある女性編集者は、

「あのコってイヤらしい。あんなに胸が大きいくせに、あんなにぴったりしたニットを着て」

と怒っていた。

そして今年はご存知、千代菊ちゃんである。新橋の芸者をやめ、フラワーアレンジメントをしている彼女は、桃の花をぜひ見たいと参加してくれたのだ。男性陣が大騒ぎすると思ったところ、意外にも冷静であった。が、うちのハタケヤマ嬢に言わせると、「あれだけ美人で、洗練された大人の女の人っていう感じだと、容易には近づけませんよ」

ということである。

こういう「○○の会」をやっているうちに、私の一カ月はあっという間に過ぎるのである。全く原稿を落とさないのが我ながら不思議でたまらない。

宝塚の真実

月曜の午後、地下鉄に乗って日比谷へ向かった。東京宝塚劇場で上演されている「ベルサイユのばら」を見るためである。

前日はほとんど徹夜で原稿を書いた。とてもしんどかったが、

「明日はベルサイユのばらを見られるんだ。あのプラチナシートが手に入ったんだ」

という思いで頑張った私である。

稔幸さんのオスカルは最高で、りりしく美しく、ところどころ見せる女らしさもたまらない。アンドレとのラブシーン、

「千の誓いがいるか。万の誓いがほしいか」

という有名なセリフのところでは、感動のあまり体が震えた。そして最後の革命のシーン、真白い軍服に身を包んだオスカルが銃弾に倒れる。胸を押さえながら「フランス万歳」と叫ぶシーンでは、不覚にも涙がハラハラこぼれた。

少々時間がかかったけれども、私は最近宝塚に完全にハマってしまったのである。私だけではない。私のまわりには熱狂的なヅカファンが二人いる。私の担当編集者の女性が二人、それこそ「宝塚イノチ」となっているのだ。そのうち一人は、私がこの世界へ引っ張り込んだようなものである。

あれは四年前のことになるであろうか、宝塚の切符が二枚手に入ったので、仲のいい女性編集者を誘った。彼女は宝塚を見るのは初めてだといってとても喜んでくれた。そして気づいたら、彼女は私の十倍ぐらいのヅカファンになっているではないか。

女性誌の編集をやっているのをいいことに、合法的に〝追っかけ〟をやっている。私は個人的にスターと会ったことがないけれど、彼女はしょっちゅう食事を共にするぐらいの関係を、何人かと持っているようだ。

彼女は私に言ったことがある。

「私、ハヤシさんには本当に感謝してるんです。つらいことや嫌なことがいっぱいあったけれども、宝塚を見ていると忘れることが出来ました。宝塚は私の生き甲斐なんです」

へえー、そこまでイッてしまったのかと私は驚いたものだ。何カ国語かを話すクールなインテリの彼女が、そこまで宝塚に入れ込むのが、いまひとつ理解出来なかった。が、オペラにしても歌舞伎にしてもそうだが、じっくりと劇場に通うようになると、いろんなものが見えてくる。ハマリ方といおうか、感動と官能の世界への入り方のコツがわかってくるのである。

特に「エリザベート」の舞台は素晴らしかった。悲劇の王妃と呼ばれるオーストリア絶世の美女、エリザベートの生涯を描いたものである。エリザベートを演じるのは花總《はなふさ》まりさん、今をときめく宙《そら》組娘役のトップである。宝塚を見たことがない人に、スターのことをくどくど説明するのはナンであるが、この人の美しさ、気品をどういったらいいのであろうか。

宝塚に入る人は、もともといいところのお嬢さまが多いのであるが、この方もやんごとなき方の血筋と言われている。よく伸びるソプラノ、信じられないほどの美貌を持つ人だ。この人が十九世紀の貴婦人の正装をし、鏡の前で振り向くところなど、本物のエリザベートを見るようであった。このエリザベートと、死神とがからみ合い、もつれ合いながら、エロスと死の間を行き来するシーンは、陶然とするほどの素晴らしさである。宝塚というのは、大変な演技力と歌唱力に加え、特別の華を持っていなくてはスターはつとまらないのだ。

よく宝塚というと、大階段を羽根をつけて降りてくるアレだろ。ものすごい化粧をして「オスカル」とかキーキー声をあげるアレだろ、などと偏見を持つ人は多い。特に男性のほとんどはこの偏見にこりかたまっているといってもいい。

男性でも関西の方へ行くと、ええとこの坊《ぼん》は、お母さんやお姉さんに連れられて宝塚を見に行くという文化を持っている。しかし関東圏の男性にこれを求めるのは無理だ。うちの夫など、私が宝塚の話をすると「ケッ」という表情をする。

その夫がある日、興奮して私に言った。

「玄関のシャッターを開けていたら、外国人のキレイな女の人が歩いてきたんだ。そして引越していらしたんですね、って突然日本語で喋ったんだ。私、ご近所に住むオオトリランです、よろしくって言ったんだけど、キミ、知ってるかい」

えーっと叫ぶ私。オオトリランさんといえば、かの宝塚の大スター、鳳蘭さんではなかろうか。このあいだも「ラ・マンチャの男」を見たばかりだ。目鼻立ちがはっきりくっきりしていて、背の高い鳳さんを夫が外国の人と思っても無理はない。けれども鳳蘭さんを知らないとは、いったい何ちゅう男なんだ。ファンの人が知ったら、それこそ怒り狂うであろう。

ファンといえば、宝塚のファンというのは実に独特である。私はしょっちゅういろんな劇場に足を運ぶが、やはり宝塚劇場に行こうとしている人たちはすぐにわかる。地下鉄の中で、私は同好の士を見わけられるようになった。きっと日比谷で降りるだろう。きっと宝塚劇場へ行くだろうと思うとやはりそのとおりになる。

流行の先端の服を着ている人はあまりいない。私も他人さまのことは言えないけれども、今どき珍しいぐらい肥満した人をこの劇場で見ることが出来る。

「ベルサイユのばら」を見に行った日、私は買ったばかりの靴をはいていた。流行のピンヒールで、先が細い細い靴は、そりゃあ痛かった。私は我慢出来ず椅子の下でこっそり脱いでしまったほどだ。

「だけどさ、今年は靴がガラッと変わったもんね。いくら流行の服着ていても、太いヒールの靴をはいたらみんなふつうっぽくなっちゃうもんね」

こう考えていくと、自然に人の靴に目がいく。私は目を凝らして、休憩中あたりを歩く女性たちの靴をながめた。見事なくらい、百パーセントといっていいくらいみんな太いヒールの靴だ。私は感動した。今の東京でこれほど太ヒール率が高いところを見たことがない。

保守中の保守ともいえる女性たちが、この劇場に来ているのである。物語をいちばん愛する層である。恋や人の情愛を信じている人たちである。この人たちと感情を共に出来、同じところで泣けるなんて、私もまだまだいけるぞと思った。

わが街トーキョー

連休は例によって、山梨の実家で過ごした。

寝ていると、毎朝従姉のやってくる声で起こされる。

「おはよー、おばちゃん、生きてる？」

犬の散歩がてら、うちの両親の様子を見にきてくれるのだ。今年になってから愛犬が寿命を全うしたけれども、それでも朝早く訪ねてくれる習慣は変わらない。この時何かしら食べるものを持ってきてくれる。漬け物、煮物といったものであるが、これがおいしいんだな。炊きたてのご飯でお握りをつくってきてくれることもあるし、私が好きだからといって地玉子の甘い玉子焼きも持ってきてくれる。手づくりの柏餅もとてもおいしかった。

たぶんどこの田舎もそうだろうけれども、近くにおいしい気のきいた店などほとんどない。美味を求めるならば、個人の厚意にすがるしかないのだ。

田舎だから野菜がおいしいだろうと思ったら大間違いで、スーパーに並んでいるのはしなびたようなものばかりだ。値段は青山紀ノ国屋なみで驚いてしまう。プチトマトを買ったら、めったに売れないらしく底の方が腐っていた。

しかしこれは仕方ないことらしい。多くの家では、サラリーマンでも自分のところで野菜をつくっている。そうでなかったら近所の人が分けてくれる。スーパーで買う人は何のツテもない、可哀相な人、ということらしい。野菜に関しても、他人《ひと》さまの厚意にすがるべきなのだ。

そのかわり、近所の人の持ってきてくれるレタスや小松菜のみずみずしくておいしいことといったらどうだろう。同じく貰い物の〝タラの芽〟を天ぷらにしてたらふく食べた。

知り合いのワイン工場へ行く。ここは一緒に行った親戚のチエコが、

「山梨でいちばん好きなとこ」

と言うところだ。旧家のつくりをそのまま生かし、二階を素敵なカフェテラスにした。ベランダからは甲府盆地の葡萄園が、まるで円形劇場の底から眺めるように見える。初夏の葡萄棚に吹き抜ける風が、何ともいえずさわやかだ。

ここの隣りに、高校の同級生のサトー君が住んでいる。彼は私が来たことを知り、さっそく釣ったばかりのヤマメを天ぷらにして持ってきてくれた。堂々と〝持ち込み〟を

し、ここで出してくれる白ワインと一緒にいただく。

それにしても、いつも不思議でたまらないのは、故郷に帰ったとたん、どうしてこう克己心というものがなくなるんだろうということである。

私は最近東京で「意志の強い人」という、生まれて初めての賛辞を得ている。有名イタリア料理店の自慢のパスタも拒否し、一流フランス料理店の、まるで宝石のようなデザートにも手をつけない。

「ハヤシさん、このフロマージュ、ひと口だけ食べなよ、本当においしいよ」

「やっぱりさ、ここのタルトを食べて帰らなきゃ」

とか、テーブルを囲む人たちは誘惑する。わざわざスプーンにすくって、

「じゃ、ひと口だけ」

と口元まで持ってくる人もいる。けれども私は、断固として口に入れなかった。

「私はみなさんと違って、すごく太りやすい体質だし、今はダイエット中だから、体もすごく敏感になってるので」

ときっぱりと言い、皆は「おお」と鼻白んだものだ。

その私が山梨に帰ってくると、テーブルの上にころがっている一袋二百円のカリントウをむさぼり食べる。途中でやめられない。駄菓子みたいなピーナッツ菓子も食べる。

「あーあ、一流フレンチの高級デザートにだってうち克てる私が、どうして、こんな安

物のカリントウに負けるんだろ」

嘆く私に母が、

「こういうものを食べて育ったんだもの、あたり前だよ。あそこの店がどうの、こうの言ったって、所詮はこれが原点ってことなんじゃないの」

とのたもうた。なるほどあたっているかもしれない。

こうして一週間私は食べに食べ、田舎でのんべんだらりと過ごした。東京に帰ってきた夜、テレビを見ている私に向かって夫が言った。

「キミ、ずっとその顔でいるのはまずいんじゃない。そろそろ商売用に戻さないと」

弛緩《しかん》しきった顔は、目にあまるものだったらしい。商売用といってもたいしたもんではないが、東京ではまあそれなりに緊張もし化粧もしている。

考えてみると二日後、マスコミの人たちがたくさん来る記者会見に出なくてはならない。私の原作の映画が、今度公開されることになったので、そのパブリシティである。私をめあてにくる人などいないが、一応原作者として、人気絶頂の若い女優さんの傍に立つことになる。背景として撮られるにしても、このカリントウ太りの顔ではやはりつらいかもしれない。

私は心をひき締め、ダイエットを開始した。山梨から帰って二日目、月曜のお昼はなんと銀座でデイトである。こういうところで待ち合わせとなると、よし、頑張ろうという気持ちになってくるではないか。

相手はいつもヒマな商社マンのA氏である。映画の前のランチは、改築したばかりの資生堂パーラーというおしゃれな場所だ。おとといまで山梨で、駄菓子を食べ続けていたシチュエーションと何という違いであろう。

私はサラダと軽い肉料理を食べ、砂糖なしのコーヒーを飲んだ。銀座八丁目からマリオンまで歩く。時々ウインドウに我が身を映すと、むくんだ顔のおばさんがのそのそと歩いていて嫌な感じだ。本当に山梨での一週間のツケは大きかった。

映画館へ入る。人から貰った「ハンニバル」のチケットが二枚あるのだ。話題の映画であるが、後半はほとんど目をつぶっていて何も見なかった。

たまあに目を薄く開けて見ると、ちょうど博士が生きている人間の脳ミソを食べているところであった。その日の夕食は、あまり入らず、サラダだけ食べた。

東京というのは、刺激の多い何というかいいところなのであろうか。

仏とぶ

五月に半袖を着るのはあたり前だと思うのだが、夫は私を見て、

「いいトシをして……」

と顔をしかめた。若ぶってニットの半袖なんか着るなということらしい。

「いいじゃん、いいじゃん。こういうものが、私はいちばん似合うんだよ」

ニットにジーンズという格好で、近くのファミレスに出かけた。そこの冷房が、効いてるなんてもんじゃない。サービスのひとつだと思っているのか、上からがんがん冷気が吹きつけてくるのだ。

おまけに料理が出てくるのが遅かった。「〇〇懐石」という料理は、千七百円という値段にもかかわらず、黒い折敷《おしき》に乗った料理が四回も出た。寒気がしてきたなと思っても、途中で帰るわけにはいかない。

次の日、起きてみたら声が全く出なくなっている。体温計を見た。三十八度五分ある。

驚いた私は、今度は別の体温計を取り出した。これは三十六度六分である。前者は舌の下にはさむもの、後者は耳の穴に入れるものである。この二つの間には、なんと二度の差がある。どちらを信じるかむずかしいところだ。やはり歴史をとるといえば舌を使うもの、最新のものといえば、耳の穴からの赤外線で計るものだ。

三十八度だと思えば、もうそれだけで体がぐったりとしてくる。三十六度だと思えば、どうということもないと思えてくる。私は間をとって、私の体温は三十七度ということにした。

とはいうものの、キャンセル出来るものは全部お断わりの電話を入れた。しかし四つの約束のうち、どうしてもはずせないものが二つある。ひとつは対談の仕事だ。親しい同業者ならいざしらず、今月の相手は、初対面の大スターである。何カ月も前から決めてもらっていたスケジュールを、私の風邪ぐらいでどうして断われようか。

もうひとつは、知り合いを招いている夕食だ。みなでわいわい割りカンで食べるような会、あるいは招待客のひとりとしていくなら、当日欠席も許されるだろう。けれども今夜は私がホステス役で、ご馳走する立場にある。しかも特別の料理を頼んであるのだ。

あれは二カ月ほど前のことになる。最近評判の中華料理店で夕食をとっていた。ここはあらかじめ予算と好みをオーナーシェフに伝えると、それはそれはおいしいコースを組み立ててくれるのだ。終り頃、紙でぴっちりと封をしたスープが出てきた。フカヒレの滋味がスープにしみ込んでいた。

「うまいなあ……」

食通の友人が絶賛した。

「ここのスープは実においしい。これだけおいしいスープがつくれるんだったら、佛跳《ぶっちょう》牆《じゃん》もさぞかしうまいでしょうな」

そのスープのことなら、私も聞いたことがある。なんでも修行中の僧も、あまりのおいしさに塀を乗り越えて食べに行くスープの意味だったと思う。

「ええ、うちのはおいしいですよ」

マネージャーの人が大きく頷いた。

「一週間前にご注文してくだされば、いつでもご用意出来ます」

アワビ、朝鮮ニンジン、鹿のアキレス腱、フカのヒレなど、まさに「医食同源」という中国料理の真髄をいくようなスープだという。

「それでおいくらで食べられるんですか」

「この壺《つぼ》の大きさで、○万円です」

その値段にどよめきが起きた。びっくりするような額だったからである。

「ですけれども、夜眠れないくらいの精がつくって言われてるんですよ。ぜひ召し上がってください」

マネージャーの人に言われ、それでは今度割りカンで食べようと約束したのである。が、私はそのスープのことが、気になって仕方ない。どんな味がするんだろうか。かなり長時間、くたくたに煮るんだろうか。それとも中身ひとつひとつがわかるぐらい、あっさりと煮るんだろうか。

そして私は決心する。いつと決まっていない約束なんかじゃなく、自分のお金で食べてみよーっと。

オーナーシェフの方に、こう切り出してみた。

「私を含めて四人で食事会をするんですが、ブッダ、じゃなかった、ブッチャリナントカっていうスープを飲みたいんですが」

「なんですか、それ」

「ほら、仏が跳ぶって書くスープですよ」

「ああ、ブッチョウジャンのことですね」

四人ならば、それほどの値段にならないよう、小さな壺でつくってあげましょうとシェフは約束してくれた。このスープをメインということにして、後の料理は野菜を中心にあっさりとまとめてもらうことにした。

ここまでこと細かく相談したディナーの席を、私が欠席するわけにはいかないし、また食事自体をキャンセルすることも絶対に出来ない。高価な材料を揃えておいて、ドタキャンされたら、お店は大変な損害となるだろう。

　私はベッドから這い出し、しゃきっとするために化粧をすることにした。そしてもっとしゃきっとするために、対談の後買物に出かける。私はこの頃やっとわかったのであるが、私にいちばん活力をもたらしてくれるのは、ショッピングなのである。いや、私だけではなく、多くの女性がそうだろう。あれこれ見て、選んで、試着し、そのうえにカードを切る時の緊張感と罪悪感……。私にとってあれぐらい元気になるものはない。

　夏のワンピースとデニムのスカートを買って、約束のレストランへ向かった。食事の後半、いよいよ藍《あい》の壺の登場。

「佛跳牆」スープは、黄金色というよりも、やわらかい土の色に澄んでいた。確かにおいしい。フカヒレやアワビといった、栄養のありそうなものがゴロゴロ中から出てくる。私は三杯お替わりした。食べている最中から、体が温かくなるのがわかった。

　そして何故かその夜は熟睡し、気持ちよい目覚めであった。枕元の体温計を手にとる。舌にはさむ方で、三十六度台に落ちている。

　さすが「医食同源」。中国四千年の歴史。などと感心しているうちに、私のエンゲル係数はまた上がるような予感がする。

政治家

誰でも言うことであろうが、このところ政治がやたら面白い。あの国会中継をずうっと見る、などというのは私にとって初めての経験である。ニュースも面白いし、「ニュースステーション」も面白い。こんなに面白くていいのだろうかと、ちょっと不安になる。

わかりづらくしろ、と言っているわけではないが、政治家の方たちはもうちょっとクロウトっぽくといおうか、専門家っぽくてもいいのではないかと思うほどだ。

ついこのあいだのこと、人と会う約束があり、永田町のホテルの中にある中華料理店へ出かけた。ちょうど昼どきということもあり、近くの議員の方々がいっぱいいらしていた。おそばを召し上がったり、知り合いを見つけると「よっ」と声をかけて近づき楽し気に話したりする。議員バッジをつけていなければ、ランチをとるサラリーマンと変わらない。

へえーっという感じで、つくづく見入ってしまった。

これもつい先日のことであるが、友人と一緒に中華料理店で食事をしていた。オープンしたばかりであるが、内装も凝っていて、値段もリーズナブルでおいしいという評判である。ふと入口の方を見ると、二階で会食があるらしい。階段を人がいったり来たりしている。夫婦づれが多いのであるが、年配の女性たちはとてもきちんとした格好をしていて、何やらおハイソな感じである。

ある予感がして、私はそこから目が離せなくなった。やがて気配がした。VIPがやってくる、ざわざわとした独特の気配。そして私は森元総理の大きな背中がゆっくり歩いていくのを見た。

よかったなあと思う。もうマスコミからいじめられることもなく、気のおけない人たちと、おいしいものを食べに来られる立場になったんだ。さぞかし晴れ晴れと、寛いだ時をすごされることであろう。よかった、よかったと私はつぶやいたのである。

確かにマスコミの森叩きは異常だった。あれは森さんがお辞めになる少し前だったと思う。夜の十一時に電話が鳴った。原稿催促の編集者からだと思ったのであるが、聞いたことのない男の人の声がした。

「もしもし、〇〇新聞の社会部の者ですがねえ」

私は電話コメントしないんですよ、と言いかけたのであるが、相手は早口で畳み込むようにこう言ったのである。

「今夜森総理が、大切な国賓との晩さん会をすっぽかして、とりまきの議員とお鮨を食べに行ったんですが、どう思いますか」

ふっふっと私は思わず笑い出してしまった。

「気持ちわかりますよねえ……」

「えっ」

「そりゃマスコミにこれだけ叩かれて、ひどいめに遭ってれば、誰だって最後にお仕事エスケープしたくなりますよ。気楽にお鮨を食べてる方がなんぼかいいか」

「でも国賓との晩さん会ですよ。ひどいと思いませんか」

「そりゃあ、ひどいけど、私、何だか森さんの気持ちわかるような気がします」

「えーと、じゃ、ハヤシさんのコメントまとめますよ。大切な晩さん会をすっぽかすとは、気持ちはわかるがあまりにもひどい。これでいいですね」

「ちょっと違うなあ……。ひどいことはひどいけど、気持ちはよくわかる……」

「つまり、気持ちはわかるけど、ひどいことをしているっていうことですよね」

私は途中からめんどうくさくなり、そういうことでいいです、と答えてしまったのである。ゆったりと歩いていく森さんの後ろ姿に向かって、私はこのコメントのことをちょっとわびたつもり。

この中華料理店の一件よりさかのぼること半年前、私はある結婚披露宴に招かれた。名門のご令嬢の結婚式とあって、メインテーブルには名だたる政治家の方々がずらり座っていらした。神崎さん、小泉さん、野中さん、羽田さんの他に、懐かしい村山さんの顔も見える。当時総理だった森さんも途中から入っていらしてスピーチをされた。

まるでNHKの「日曜討論」かテレ朝の「サンデープロジェクト」を見ているようであった。政治家の方々はどなたもスピーチが面白く、日頃テレビで見ていて、

「ちょっと苦手かな」

と思っていた政治家の方も、ユーモアと滋味にとんだいい話をなさる。私はあとで家に帰り、夫に言ったものだ。

「政治家っていうのは、自分の魅力で勝負している人たちだから、ひとりひとり会うとすっごく面白いね。それから第一線に出てくるような人たちは、やっぱりすごいね」

やがて披露宴が終り、みなが立ち上がった時、あちらから歩いてくる野中さんと目が合った。野中さんは私を見て、

「今日はスピーチご苦労さま」

と手をさし出し握手してくださったのである。当時幹事長の野中さんはテレビに出まくっていたから、少なからず私は興奮してしまった。ミーハーといわれてもいい。やはりこういう方を間近にすると、人は日頃の小さな政治的感想など吹っとんでしまうもの

である。

あれだけマスコミに悪く書かれていた森さんであるが、新婦の友人、振袖姿のお嬢さん方がキャーキャー近寄っていって写真を撮ってもらっていた。

私のいたテーブルには、作曲家や作家など結構有名人がいたのであるが、お嬢さんたちは全くの素通りであった。文化人など、国を動かす人たちのパワーと知名度にかなうはずがない。

政治家の人たちが面白くなっているのか、もともと面白い人たちが政治家になっているのかわからないが、今みなが自分の魅力と知恵を出し切って、一生懸命アピールをしているという感じである。これをきっかけに、政治家の人たちを好きになりたいと思う。ひいきのプロ野球選手のことを話すように、政治家のことを熱を入れて話せる時がくればいい。だからどうぞ今の活気が政治ショーになりませんようにと祈る私である。

ケイタイと私

「ハヤシさん、ケイタイを失くしませんでしたか」

突然、秘書のハタケヤマに言われた。

「そんな、ケイタイなんて、バッグの中にあるわよ、ほら……」

ところがないのである。

「今、タクシー会社さんから電話がかかってきました。青山で降ろしたお客さんがケイタイを忘れて、操作してみたらハヤシマリコっていう字が出たそうです」

ふうーんと言ったものの、そのカラクリがどうなっているのかわからない。何かの番号を押すと、使用者の名前が出るなんて今まで知らなかった。

私はもともと機械に弱い。もうこのIT化から完全にはずれているといってもよい。メールからやり始めたものの、あまりの指づかいの遅さに、我ながらすっかり嫌になった。パソコンをたち上げるのに、いつも誰かの助けを借りなくてはならない。

パソマニアの夫などは、そういう私にあきれ返り、苛立ち、

「キミなんかに使いこなせないから、その使わないパソコンをこっちに寄こせ」

と言っているぐらいなのだ。

最近出会ういろんな人から、

「メールのアドレス、教えてください」

と言われるのであるが、そのたびに、

「ちょっと待ってて……。今もらっても返事を出せないから」

と必死になる私である。

つい先日、あるシンポジウムに出たところ、

「メールなんかやっても、人間関係に何の役にも立たない。毎日いくつも返事を打たなきゃいけない、って強迫観念にかられている人ばっかりですよ」

という意見があった。

が、これには賛成しかねる。私は確かにメールもろくに打てないパソ音痴であるが、それが不必要だと思ったことはない。なぜなら若い人の間では、確かに新しいコミュニケーション手段として確立しているからである。

昨年のこと海外へ出かけた折、あちらの男性と食事をすることになった。いいレストランへ行きたいのであるが、女二人ではどうも格好がつかない。私は現地の友人に、

「支払いは私がするから、見栄えがよくて、おいしいところを知っている男の人を紹介して」

と頼んでおいたのである。二人の男性のうちひとりは、現地の男性で日本語ペラペラの外交官、もうひとりはヨーロッパ支社に勤める日本人であった。

「こちらに赴任している日本人男性の中で、いちばんハンサムをご用意しましたからね」

友人が自信を持っていうだけあって、その方は眉目秀麗、マナーも完璧で、エスコートには最高であった。ところがつい最近わかったことであるが、今年になって、この男性は日本に帰ってきた。そしてあの時一緒に食事をした、私の若い友人とつき合っていたのである。が、謎のような話である。会話をしていたのは私と二人の男性で、私の友人はその傍でひとり黙々と三ツ星の食事に食らいついていたはずだ。色気より食い気という女で、食べ始めるとこちらからふらない限りひと言も発しない。食べ物と対峙する姿は真剣そのものだ。その彼女とあの男性とを結ぶものは何もないはずである。

「メールですよ」

彼女はあっさりと教えてくれた。推理小説の謎が解けた感じ。食事をつき合ってくれたお礼をメールで打ち、その返事が来て、ということを繰り返しているうちに、

「すっごく心が燃えてきたんですよ。メールっていうのは独特の心境にしてくれます。

ロじゃいえないことも、メールじゃ平気なんです」

そしてこうのたまったのだ。

「ハヤシさんも恋人が欲しかったら、やっぱりメールをやらなくっちゃ」

あぁ、そうですか。私はそれですっかりその気になっているのである。

自分もやらなくては、小説に取り入れることもむずかしい。私はこの頃恋愛している男女にメールのやりとりをさせているのであるが、自分がやらないためにヘマをする。

ついこのあいだ、夫がいねむりをしている間、不倫相手からのメールをパソコンのディスプレイで妻が見るというシーンを書いた。さっそく編集者から注意をうけた。

「いねむりをしているのだったら、ディスプレイは消えているはずですよ」

そうか、そういうものなのか。本当にむずかしいな。

ケイタイでさえ、私は使いこなせないんだものな。最初に説明書を読んだのであるが、さっぱりわからない。かけるだけで機能を全く使いこなしていないのだ。時々ディスプレイにメッセージが出る。

「伝言メモあります」

が、これをどうやって聞いていいのか困惑するばかりだ。夫に聞いたところ、

「他の機種はわからない」

あっさりと断わられてしまった。が、それはそれ、機械いじりの大好きな理系人間、

あちこち触れて、

「このボタンを押せばいいんだよ」

ということになった。

「マリコさーん、電話くださーい」

知り合いの声を聞いた。が、これは半年前に発せられたものらしい。

「あの時、どんな用事でかけてくれたの」

と電話したところ、憶えているわけないでしょうと馬鹿にされた。

ところで私のケイタイであるが、戻ってくるまでに二日間もかかった。ハタケヤマがあちこちに電話をかけ、急にニコニコ顔になった。

「ハヤシさん、いいお話ですよ」

「何？」

「運転手さんと今、やっとお話がついたんですけど、ハヤシマリコさんって幾つですかって。年を言ったら、そんなはずはない。自分が乗せたのは、すっごく若いお嬢さんだったって。別の人のケイタイかもしれないって……」

私はすっかり嬉しくなり、ちゃんとお礼をしてね、菓子折りくらいは持っていってねと念を押したのである。

ケイタイと私、そう不釣合じゃなかったんだね。今週はこれが言いたかったのです。

ドミンゴの記憶力

生のドミンゴを初めて見たのは、いったいいつだったろうか。

十二年前の真冬、ウイーンへ出かけた。あの頃はバブルの真盛りで、それはそれは素敵なお仕事がいっぱい舞い込んだ頃だ。

「新作のミュージカルが来日します。パンフレットに文章を書いてもらいたいので、ロンドンへ行ってくれませんか」

全く同じ理由で、ニューヨークにも行ったしモスクワにも行った。

このウイーンの仕事は、ウイーンのオペラ座で毎年行なわれる舞踏会へ出席しませんか、というお誘いであった。

「週刊文春」の編集部を通じての話で当時の担当者がやたら張り切ってこう言ったものだ。

「どうせならうちのグラビアで写真を撮りましょう。僕が従いていきますよ。まかせてください」

慶応仏文科大学院修了、ソルボンヌ留学という彼はフランス語ペラペラだったのである。が、オーストリアは確かドイツ語じゃなかったっけ。

「だから、パリで二泊して遊びましょう。僕も昔の友だちに会いたいし」

ということで、デラックスな旅へと出発したのである。

あのオペラ座の舞踏会のことは、いろんなところで喋ったり書いたりしているので控えるが、ロココの世界が存在していたことにそれこそたまげたものだ。

この時非常に話題になったのは、ドミンゴがオーケストラを指揮したことである。今でこそオペラを見た、見ないに関係なく、日本人のほとんど、うちの夫でさえよく知っているドミンゴであるが、その頃はまあぼちぼちといったところではなかったか。なにしろ松田聖子とのデュエットで、大部分の日本人は初めて彼の名前を知ったはずである。私もオペラを見始めた頃であった。

ところでこの舞踏会に、森瑤子さんも一緒に招待されていた。森さんは外国に行くとますますその魅力を発揮される方であって、豹《ひょう》毛皮のコートにお揃いの帽子という格好がウイーンの町並に本当によく似合っていらした。舞踏会から二日めの朝、森さんが興奮して私たちに言った。

「私ね、昨日お買物していたのよ。そしたらむこうからドミンゴが一人で歩いてくるじゃないの。私、すっかり舞い上がって近づいていったの。そして私は日本の作家で、東京からあなたの指揮を見るために来たのよ、っていったらすごく喜んで握手してくれたのよ……」

語学が出来る人は本当にいいなあ、と思ったものだ。

そして私も四年後ドミンゴに会うことになる。それはオペラ終演後のパーティーであった。人に紹介されて私はヘタな英語で言った。

「私、あなたが指揮したオペラ座の舞踏会へ行きました。そして道端でばったり会って握手してもらったんですよ」

どうしてこんな嘘をついたのかわからない。ちょうど森さんがお亡くなりになった頃で、私は森さんの記憶を自分のように思ったか、あるいは東洋人の女などドミンゴに区別がつくまいと思ったのか、とにかく奇妙な心理であった。

しかし彼はにこやかに答えた。

「ええ、ウイーンでお会いしましたね。あなたのことはよく憶えていますよ」

それから二度ぐらい、パーティーで会うたびに挨拶をし、握手してもらい、写真を一緒に撮ってもらった。が、彼が私のことを憶えているとは到底思えなかった。なぜなら彼の儀礼的な笑顔、表情の動きは、初対面の人にするそれだったからだ。

昨年の九月、ニューヨークへ行きメトロポリタン歌劇場へ出かけた。ドミンゴ主演の

「サムソンとデリラ」の終演のあと、レセプションが開かれるという。大スポンサーの金持ちの夫人が、彼のために近くのイタリアンレストランに、彼と彼の関係者を招くのだ。

この時日本のテレビカメラと雑誌社が従いてきて、ドミンゴとのツーショットをと頼まれたが、近づくのはかなり大変であった。

何とか撮ったものの、世界的スターとお近づきになるのは何と大変だろうかと思ったものだ。

そして今月の三日、メトロポリタンオペラ来日公演の後、小さなレセプションがNHKホールの片隅で開かれた。小さなものだったが、小泉総理や財界のお歴々がいらした日だったので顔ぶれがすごく、ドミンゴも顔を見せた。

ここでも私は彼に紹介され、挨拶した。

「昨年ニューヨークで、メトロポリタンの初日にお会いしましたけど」

「ええ、憶えてますよ」

彼は言ったが、私はニューヨークで一緒だった招へい先の人に言った。

「ああ言ってるけど、たぶん憶えてませんよね」

「ええ、そうでしょうね」

そして昨夜、友だちの家に招ばれた。自宅でドミンゴを招んでディナーパーティーをするから来てと言われたのだ。公演が終って夜の十一時近くからディナーが始まった。十五人ぐらいの本当に小さな集いである。

私は目にモノモライが出来、化粧をするどころでない。我ながら情けない顔で隅の方に立っていた。

やがてドミンゴ氏登場。ファンを大切にする彼は、劇場がはねた後もじっと待っている何十人という人々を無視することが出来ない。みなにサインしたり、握手したりするので、すごく時間がかかるのだそうだ。

シャンパン、ワインが酌《つ》がれ、みんな思い思いの格好でケータリングのイタリア料理を食べ始めた。ドミンゴは床の上に直《じか》に座り、スパゲティを頬ばる。その巻きつけるさまもすごく格好いい。私は真向かいでじいっと見ていた。

彼の隣りに座っていた女性が、私のことを説明する。

「彼女はあなたのファンでノベリストよ」

「知ってるよ」

彼はニコッと微笑んだ。ああ、ここにたどりつくまで、私は十二年の歳月を要したのである。

同好の士

「色気より食い気」とはよく言ったもので、最近の私は人生のプライオリティが大きく変わってしまった。

今までだと、見果てぬ夢として、

「素敵な男の人と大恋愛をし、ドラマティックに生きる」

というのがあった。たとえ年くったヒトヅマになろうとも、人生何が起こるかわからぬ。もしかすると、ひょんなことから知り合ったハンサムな男性が、私にひと目惚れしないとも限らないではないか。

林芙美子は電車に乗ると、あたりを見わたし、もし事故が起こったらどの男と手をとり合って逃げようかとあれこれ考えたという。女の作家には多かれ少なかれそうしたところがある。妄想を呼び寄せる念力が、ふつうの人とまるで違うのだ。

私なんか、まあそれを妄想とちゃんと認識しているからいい方で、かなりごっちゃになっている人を何人も見た。

「どうして、このレベルで、こんなに自信を持てるのか！　どうして自分はモテると言い張るのか」

と、わなわなと震えるほど、腹が立ってくる同業者もいらっしゃいました。が、それも昔のこと。私は男女のことに、とんと興味を失ってしまった。誰それさんが誰それさんとつき合っている、実は不倫をしているなどと聞いても、「あ、そう」という感じである。

「え、ハヤシさん、驚かないんですか」

相手はがっかりする。

「ハヤシさんだったら、すごくびっくりして喜んでくれると思ったのに」

なんだか私って、そういうイメージで見られているのかしら。

「今の私はね、悟り切ったっていうか、心が水のように澄んでいるの。この人生、この世の中、何があったっておかしくないっていう境地なのよ」

というと、相手はふうーんとつぶやき、納得出来ないようだ。

とはいうものの不安になる。こんなことで恋愛小説を書き続けることが出来るのであろうか。私の体から、脂肪と共に、色気というか女としての資質も抜け出たのであろうか。

そのかわり、食べることへの執着はすごい。あのお店、このお店と食べ歩くのが今の私の無上の喜びである。親しい気の合った友人と、楽しいお喋りをしながらおいしいものをどっさり食べる。これに勝るひとときがあるだろうか。このためだったら、どれほどお金と時間を使っても構わないような気持ちになっているのだ。

ついこのあいだのこと、焼き肉を中心に食べ歩くことをテーマに発足した「巨牛の会」のメンバーが、ついに焼き肉のメッカ足立区の「スタミナ苑」に行きたいと言い出したのである。

この焼き肉店へは十二年前から通い、いろいろエッセイにも書いてきた。もの凄い量の、もの凄くうまいお肉を食べさせてくれる。食べ終ると恍惚として、次の日半日は何も出来ないほどの体験をさせてくれる店だ。

しかし、これは私にも責任の一端はあるのだが、あまりにも有名になり過ぎ、連日すごい行列だという。幹事役の私は、店が開くずうっと前の早い時間に行き、席取りをすることにした。

「スタミナ苑」まで都心から車で一時間半かかる。以前は割りカンでタクシーを使っていたのだが、ひとりなので電車で行くことにした。以前は赤羽で乗り換えたが、出来たばかりの南北線で王子まで行く。それからまたタクシーに乗る。かなりの距離で、我ながらどうして食べることになると、これほどマメになるのだろうかと感心する。全くこのエネルギーと情熱を、仕事に使えないものであろうか。

やがてメンバーが集合した。いつもながらヒマな商社マンA氏、某企業のジュニアB氏、名家の奥さまC子さんに、彼らと親しい古美術店の若社長D君が、ガス台の前に並んだ。

この「スタミナ苑」の特徴は、新鮮な内臓を出してくれることだ。レバ刺しなど文句なしに日本一である。が、今日のメンバーは全員、

「生は苦手」

ということで、すぐに焼くものを出してもらう。ロースの霜ふりの見事さ、とろけるようなハラミのおいしさといったら……。C子さんは上品な美女であるが、食べるピッチが私ぐらいで驚いてしまう。

こんなにほっそりとした体のどこに入るのかと思うぐらいだ。さすがにD君は若いだけあって、皿を綺麗に片づけてくれる。

「最高です、最高ですよ」

と喜んでくれた。もうこれ以上食べられないかなと思ったのであるが、みなはご飯を要求し、それにテールスープをかけて食べ始める。一応ダイエット中の私はスープだけにした。

大満足した私たちは、車に分乗して一路青山へと向かう。締めくくりにしゃれたバー

でカクテルを飲もうということになったのだ。お腹がすっきりするというカクテルをつくってもらい、それを飲みながら次の約束をする。次は浅草のお店でということになった。

そして翌日、渋谷まで「コクーン歌舞伎」を見に行った。相変わらずの大人気で、立見も出るほどの盛況ぶりである。お芝居がはねたのは午後の十時だ。

「どうする?」

「どうしようか」

友人と顔を見合わせた。いちばんいいのは、家にすぐ帰り、冷蔵庫の余りものをみつくろって食べることだ。が、食い意地の張った私はそんなことをしたくない。私の頭の中に瞬時に「ラストオーダー十一時」のお店が浮かび上がる。イタリアンはオペラの後にするとして、今日は中華にしよう。あのお店のあの料理と浮かぶのである。

何年か前、私は『美食倶楽部』という小説を書いたことがある。色ごとを諦め、ひたすら食へと走る中年女たちを喜劇的に書いたのだ。あの小説を書いた頃、私はまだ若かったけれど、そんな日は案外早くやってきたのね。悲しいような気もするけれども、これも世のならいというものですよね。C子さんのような美人も、最近は食べるのがいちばんの楽しみ、とおっしゃる。私はこういう言葉に心から安堵し、同好の士としてすり寄っていくのだ。

私の『台所太平記』

最近出版された宮本徳蔵さんの『潤一郎ごのみ』という本の中に、谷崎が中央公論社の嶋中社長に無心する手紙の引用が出てくる。借金の申し込みの文章にも、大作家の風格と傲岸《ごうがん》さが出ていて面白い。

それにしてもと思い出すのが、谷崎のエッセイとも小説ともつかない『台所太平記』である。富豪の家に育った夫人が、人のたくさんいる家を喜ぶからといって、谷崎はたえず複数のお手伝いさんを雇っている。嫁入り前の若い女性たちが小さな軋轢《あつれき》を起こしたり、あるいは無闇に仲よくする（中にはレズビアンの二人もいた）さまを、じっと観察する主人がいて、読み様によってはかなりエロティックな一冊だ。

しかしこの本を青春時代に読んだ私は、

「えらい作家というのは、なんてお金持ちなのだろう」

とそちら方面にだけ感心したのを憶えている。その頃から私はだらしなく、整理整とんというものが何よりも苦手な少女であった。こんなことでは将来が思いやられると怒る母親に、私は言ったものである。

「私はお金持ちと結婚するか、お金持ちになって、自分でお手伝いさんを頼むから平気よ」

こう言いながら自分でもそんなことが起こると信じてはいなかった。が、三十二歳の時にこの願いが実現したのである。別に私が金持ちになったわけでもなく、金持ちと結婚したわけでもない。私の知らぬ間に、勝手にお膳立てされてしまった、というのが正しかろう。やはり私のだらしなさに端を発するのであるが、当時私は仕事場と自宅を別にしていた。ところが朝遅く起き、シャワーを浴びて昼寝しているうちに、「出勤」しそびれる日々が続いた。秘書の女性に近くの喫茶店に来てもらい、その日の電話の内容を聞き、郵便物を受け取った。これでは何のために高い家賃を払い続けているかわからない。それで気持ちを変えるため、仕事場と自宅を一緒にした広めのマンションに移ったのである。

が、私の掃除嫌いを知っている秘書は、自分が片づけさせられるのはたまらないと思ったらしい。もの凄い素早さで、家政婦協会に電話していたのである。自分ひとりの判断でだ。

こうして週に三回、四時間ほど掃除をしてもらうという、若い女性にしては恵まれた生活がスタートしたのであるが、私は自分でも驚くほどそれにすぐに順応した。思えば私は決して金持ちの家に生まれていたわけではないが、実家が小商いをしていたためにまわりにはいつも誰かいた。人が安く雇える時代だったのだろう。子ども時代はうちにも店員さんがいたし、隣りの祖母の家にはお手伝いさんが何人かいて、私は彼女たちに抱っこされたり遊んでもらったりして育った。

つまりサラリーマンの家庭の人よりも、他人と暮らすことにずっと慣れているはずの私だったが、やがてお手伝いさんのいる快適さはすぐに不満に変わる。神経質というものからほど遠いところにいる私であるが、この初老の女性のすることなすことすべてが気に障《さわ》ってきたのだ。たとえばベッドメイキングをしてくれる時に、彼女は枕にタオルを掛ける。汚れたらタオルを洗えばいいというのは合理的であるが、なんとも貧乏くさい。その他、花瓶の置き方、食器のしまい方もすべて嫌になってきた。彼女も私に気に入られていないことがわかったらしく、すぐに自分から辞めてしまった。そして次に来たのがAさんという六十代の女性であったが、この人とはとてもうまくいき、五年以上勤めてもらった。結婚の時は、肉親のように親身になってめんどうをみてくれたが、年ということで辞め、ここから私の受難の歴史は始まるといってもいい。

たえず不満をこぼし、何をするのにもまなじりを決して、小走りに動く女性がいた。何度でも言うように、私は決して神経質な物書きではないが、彼女のタッタッタッと走りまわる音が耳について仕方なかった。彼女の替わりに来てもらったのがC子さんという六十三歳の女性である。太ったどうということもないおばさんであるが、この女性、いつも自分がいかにもてたかという話ばかりするのだ。うちに出版社の人が来たとする。彼女はどこの人かを必ず尋ねるらしい。秘書が文藝春秋と答えようものなら、ああ、文春の社員ね、あそこの男に昔追っかけられてという話が延々と続くのである。秘書がいうには、五十五歳まで生理があったと自慢する彼女に、不気味なものを感じたという。

さて、この頃私は結婚していたが、相手が毎晩うちでご飯を食べるという律儀な男だったので、にっちもさっちもいかなくなってきた。基本的には毎日私がつくっていたが、時には会食の予定が入ることもある。こういう時は、簡単なものをつくってくれるように頼み、材料は私が揃えておく。冬のある日、私はすき焼きをつくってくれるよう頼んで家を出た。会食が早めに終り家に帰ってきた私は、まっすぐに台所に入った。夫が帰る前に盛りつけをしようと思ったのだ。が、コンロの上にフライパンも浅鍋もない。あるのは深く大きな鍋だけだ。私はまだ生温かいその蓋を開け、思わず小さな悲鳴を上げた。中はなみなみと黒い醬油汁がたたえられ、私がふんぱつして紀ノ国屋スーパーで買った牛肉が小片となって泳いでいた。豆腐はちぎれてこれ以上ならないほどの小さいカタマリと化し、シラタキはなんと糸がついたままだ。私はC子さんのどす黒い悪意を感じ、思わず背筋が寒くなったものである。次の日、さっそく家政婦協会に電話をかけ、もう結構ですと告げた。

しかしこれにはとても怖い後日談がある。うちを辞めてから十日後、C子さんはアパートで冷たくなっているのを発見された。心臓の発作だったという。しかも家政婦協会の人が言うには、死後、六十三歳ではなく七十三歳が本当の年だったとわかったそうだ。それならば、疲れる、大変と文句を言っていたわけもわかる。合掌。

そうこうするうちに、私はいつも変わった人ばかり寄こすその家政婦協会にすっかり嫌気がさしてしまった。クリーニング屋さんにも言われた。

「奥さん、言っちゃ悪いけど、おたくに来る人、みんな質が悪いね。いい人は雇う方も離さないからね、すぐに来てくれるような人はダメだよ」

そんなある日、友人の家に行ったところ、まだ若くて綺麗な女性が食事を運んでくれた。てきぱきしていてとても感じがよい。私はさっそく派遣所の電話番号を聞き、家政婦さんをお願いした。ほどなく中年の女性がやってきたが、今までの人たちと違い、とても手際よく働いてくれる。愚痴も文句も言わずに楽し気に体を動かす。いい人を紹介してくれたとお礼がてら、次の週にまた友人のところへ行った。が、過日食事を運んでくれた女性の姿が見えない。どうしたの、と問う私に、彼女は眉をひそめて言った。

「辞めてもらったのよ。だってあの人、××の信者だったのよ。うちに聖書っていうの、あれを持ってきて勧めるの」

評判の悪い新興宗教の名を告げる。

「しかもね、派遣協会自体が××の巣窟だったみたい。うちが、困りますって抗議したら『無理に本を読ませたわけじゃないでしょう』とこうよォ」

私は途中から泣きたくなった。

「どうしよう、もうそこの人、うちで働いてるよ……」

秘書がそこの信者というので、有名代議士が週刊誌で叩かれたことがあったが、週に何回か掃除してもらう私も「見識を疑われる」ということになるのだろうか……。かなり悩んだこともあったが、この女性は実によく働いてくれ、私は辞めてくれとは最後まで言い出せなかった。

やがて彼女は信者の人と結ばれ、夫の住む土地に旅立っていった。今うちに来てくれているのは、あき竹城さんそっくりの朗らかな女性である。この人は例の協会ではなく、知りあいの獣医さんが紹介してくれた。一軒家に引越したのを機に、毎日来てもらっている。彼女は料理が得意で、毎昼食においしいかき揚げうどんや三色ご飯をつくってくれ、今まで不味《まず》い出前や弁当を食べていた我々の昼食は一変した。

今では〝あき竹城〟さんと秘書、そして娘のベビーシッターと私の四人が、テーブルに着いてご飯を食べる。そのあと到来もののお菓子でコーヒーを飲みお喋りをする。さまざまな人が入れ替わったが、今はこれがベストメンバーという感じで、昼食のひとときは本当に楽しい。うちの祖母も言っていたが、気心の知れたこういう人々というのは、まさに〝準家族〟というものだろう。賑やかにご飯を食べるというのは、これほど豊かな気持ちになるのだ。女たちのざわめきは、これほど心地よいものだったのだ。そう、私は若い時読んだ文豪の『台所太平記』の気分を少々味わっているのである。

老眼

私は何度も目をこすった。文字が今までないようなぼやけ方をしているのである。一枚膜をかぶったようにはっきりとしない。目の中にゴミでも入ったのだろうかとこすり続け、そしてやっと気づいた。

「そうか、これが老眼というものなのか」

そう自覚すると、文字はますますぼやけてきた。老眼にもタイミングというものがあり、こちらの疲れ方、照度、活字の大きさなどがうまく合っていると、以前と同じようにすらすらと目に入ってくるし、この反対だとドカンとくる。けれども確実に老眼は進んでいて、夜の新幹線の中で文庫本が読めなくなった。

「まいったなあ、四十代で老眼鏡かあ……」

ある光景を思い出す。美貌で名高い女流作家と、新人賞の選考会で一緒だった。五十半ばになっているのだが、とてもそんな年には見えない。この人には時間が別の速度で過ぎていくのではないかと羨しかったものだ。

途中ややこしい議論になった時、その方がちょっと失礼、と言ってハンドバッグから眼鏡を取り出した。そして原稿を見つめながらこう言った。

「これ老眼鏡なの。だからそんなにジロジロ見ないでね」

美人のしぐさだったから妙にエロティックでもあり、愛らしくもあった。しかしこの方もやはり老眼鏡をかけるのだというショックは私の中に残った。

今度はこの私が老眼鏡かあと、しみじみとした感慨にうたれた。そういえば本当に酷使している目である。おそらく普通の職業の何倍も我々物書きは目をこき使っているに違いない。もちろん普通の会社員も、職場へ行けばパソコンを打つだろうし、帳簿も見るだろう。朝から晩まで数字をにらんでいる人もいるはずだ。しかし物書きというのは、それこそ文字と勝負する職業である。自分の原稿書き、ゲラ読みとそれこそ一字一句文字を睨みつけている。集中度が違うはずだ。

他の人の本もそれこそ同じように読む。何か選考委員をしていて候補作を読むということではなく、やはりプロとして読書そのものが普通の人とは違っているはずだ。

私は昔から本を読むのがとても速かった。小学校時代「黙読」というものがある。国語の時間、教科書の何ページから何ページまでを黙って読めということだ。終ったら教科書を置くことになっている。私はこの時間が、他の子どもの半分以下であった。早々

と本を閉じ、手持ち無沙汰であちこち眺める。教師からは、
「ちゃんとじっくり読みなさい」
とよく注意を受けたが、これは非常に心外なことであった。私はきちんと読み、内容もちゃんと頭に入っているのである。私にしてみれば、他の子どもたちが信じられないくらい遅いのだ。本を読むのにどうしてあれほど時間がかかるのだろうかと、そちらの方が不思議だった。

これは私の生いたちとかなり関係があるかもしれない。私の実家は田舎の小さな本屋であった。いくら小さな店でも毎日のように仕入れるので本は表からはみ出し、茶の間にも積まれるぐらい大量にあった。この中から自分の好きな本を借りて、時々部屋に持ち込む。親は「売り物だから」と怒るから、一晩が限界だ。従ってそれこそ必死で読んだ。昔の小学生や中学生というのは、遊ぶところがないから夜たっぷり時間がある。メールや携帯もない時代である。夕飯を食べてすぐ、宿題もそっちのけで読み始めれば、新刊の小説なら軽く一冊読むことが出来たのではあるまいか。

私の速読にさらに磨きがかかったのは、大学を卒業してアルバイト生活をしていた二十代のはじめだ。職も無ければお金も無いという日々であったが、時間だけはたっぷりとあった。私はその頃上池袋というダウンタウンに住んでいたのであるが、ごく近くにお婆さんがやっている貸本屋を見つけた。図書館にはない剣豪小説やB級の官能小説が

置いてあり、それを四、五冊いっぺんに借りた。貸本屋の隣りは夏は氷屋になる今川焼き屋で、アルバイトのお金が入ると数個焼きたてのものを包んでもらう。それを食べながら貸本を読むのは、それこそ至福の時だった。「オール讀物」なども、目次から読者の投稿ページまでじっくり読んだ。そして次の日はきちんと四冊か五冊返すので、貸本屋のお婆さんから感心されたものだ。

「あんた、本当に読むのが好きなんだねえ」

延長料金が惜しいという理由もあったが、とにかく若い頃は文字が飲み込むように入ってきたのである。今はとても当時のスピードはないというものの、やはり読むのが速いと人に驚かれる。

「林さんは速読術を習っていたんですか」

そんなことはない。ただ文章の何行かをカタマリで目に入れているようなのだ。流して読むというのではなく、とにかくカタマリで目にどんと入ってくるのである。

しかし最近、このカタマリが非常に出来づらくなった。パソコンの普及で信じられないほど長い小説が増えたのだ。私は短いエッセイ以外、未だに手書きで原稿を書いている。これがいいか悪いかは個性と好みの問題だと思うが、ただひとついえることは肉体ではなく機械を通した文章は疲れを知らない。キイを打つことが快感になっていくようだ。その結果どういう小説が生まれるかというと、ディテールに凝りに凝り、ひとつの場面の描写が延々と続くのである。

私はあるベストセラーを前にして考え込んだ。本を読むことにこれほど慣れている私が、このだらだらと続くシーンをとても読みきれないのだ。いつもだったら文字のリズムと自分の体のリズムがぴったりと重なると、もはや無我の境地でページをめくっていくことが出来るのに、どういう風に読んでもそのエクスタシーに到達出来なかった。そして私はひとつの結論に達したのである。

こういう長い長いパソコン小説は、書き手と読者の間にあうんの呼吸があるのではなかろうか。ワーグナーの壮大な楽劇「ニーベルングの指環」で、このへんはうとうとしていてもいいですよ、という作者の提案があるように（そんなものないか）、このあたりはとばして読んでもいいよ、ええ、そうしますというお互いの了解があるのではないか。そうでなかったら、このシーンの長さと無意味さはどうしても不可解なのである。

とにかく昨今小説はやたら長くなり、二段組みでぎっしりの厚さ、などというものは珍しくない。私の進みつつある老眼にはつらいことばかりなのだ。電子本も今世紀には普及するという。私はそれまでちゃんと楽しく本を読めるのか。いや、それまで作家なんて職業は存在するんだろうか。心配でたまらない。

◆夢がかなって…

ビストロ・スマップ

今日は私にとって、とても重要な日であった。

ジャーン！「ビストロ・スマップ」に出演したのである。

この何年か、めったにテレビに出ることのない私であるが、「おしゃれカンケイ」と「スマ・スマ」にはぜひ招《よ》んで欲しいと公言してきた。「おしゃれカンケイ」の方からは、すぐに出演依頼が来たのであるが、「スマ・スマ」の方はウンともスンとも言ってこない。チェックしてみると、そうたいして人気者でも大物でもないタレントさんが出ることがある。それならば、いっそ毛色の変わった私を出してくれないかなあーとずうっと思っていた。

が、私の願いが通じてか、出演依頼があったのが先月のことだ。大喜びであちこちに吹聴したところ、一日付き人志願が殺到した。ふだんは用事がないと電話もかけてこない親戚のＯＬのコが、

「マリコねえちゃーん、その日、ついていってもいいでしょう。手伝うわー」

と猫なで声を出してきた。もちろん断わる。私は仕事場には必ず一人で行く主義である。

といっても、ヘアメイクの人は頼まなくてはならない。

「一流の人にしろよ。オレから頼んでやるよ」

と言ってくれたのが、マガジンハウスのテツオさんである。このあいだまで「アンアン」の編集長をしていて、私とはツーカーの仲だ。

「それからスタイリストも頼んどけよな。あんたって、張り切ると時々とんでもないものを着るからさ」

ついでにオレもついていってやる、ということになった。

さて私の「スマ・スマ」に向けての準備が始まった。その日に向けてダイエットに精を出す。ところが、もうこのへんで手を打て、ということなのだろうか、この数カ月、私の体重はぴくりとも動かない。

「もうこの体重でちょうどいい、っていうことでしょうか」

と尋ねたら、体操の先生にとんでもないと笑われた。

「ハヤシさんの今の体重は、ふつうの人だったら〝使用前〟のものですよ」

さらに悪いことに、私は二日前からひどい風邪をひいてしまった。セキは止まらず鼻水はズルズル出てくる。ナマキムタクやナマゴローと会えるというのに、このような鼻たらし状態でいいはずはない。

とりあえずエステへ行った。本当に久しぶりだ。

「明日は『スマ・スマ』に出るのよ」

と言ったら、まあ、と羨しがられる。

「ほら、おたくの速攻エステ包帯でぐるぐる顔巻いて、すぐに小顔にしてくれるのをやって頂戴よ」

「ハヤシさん、それよりもリフティングを！」

などというやりとりがあり、二時間かけて顔をメンテナンス。その後でブティックをのぞいたりしていたので、仕事はたまる一方である。が、「スマ・スマ」が終るまではとても手がつけられない。すべてのことは、収録の後考えよう。

私は夜の十一時に休み、睡眠薬替わりの風邪薬を飲んだ。睡眠不足は肌にいちばんこたえる。私の年でアップになんかしてもらうととても困る。

翌朝は七時に起きた。八時間も眠るというのは久しぶりだ。心なしか、肌も艶々している。家を出る時、夫がしみじみと言った。

「長い間の夢がかなって、よかったなあ」

この夫に、こんなことを言ったことがある。

「あの番組出ると、スマップのメンバーにキス出来るんだよ。キムタクとももちろんOKよ。田中真紀子さんだって、ほっぺにチュッとしたんだから」

やめとけ、と夫は怒鳴った。別に嫉妬しているわけではない。

「若い者《もん》が可哀相だろ」

という言葉に、しみじみとした響きがあった。というわけで、賞品のシャンパンを二本持って電車に乗る。勝者に対してほっぺにチュッ、ということなのだが、この頃は賞品でもいいようだ。そんなことをしたら逆セクハラだという夫の声もこたえたが、それ以上だったのは世間の意地悪な声だ。

「ハヤシさんはどんなに不味くても、キムタクに勝たせるんでしょう。そしてキスをするんでしょう」

多くの人に言われて、とても嫌な気分。私はそんなおばさんっぽいことはしない。たとえ相手がキムタクでも、キスは勘弁してもらいます。だって私はヒトヅマなのよ。

シャンパン片手に成城学園前で降り、砧《きぬた》のスタジオをめざした。控え室でメイクをし、着替えていよいよスタジオに入る。ちょっとした段取りをして、あっという間に本番スタートである。「スマ・スマ」のスタジオは驚くほど広い。二階もちゃんとしている。皆が二階に上ると、スタッフの人がさっと厨房にとんできて、料理の手伝いをしたり皿洗いをするという仕組みだ。が、私が二階から登場した時は、スマップのメンバーが料理をつくっている最中であった。

キムタクがトンカツを揚げている。手つきがものすごくいい。クサナギ君も盛りつけをしていたが、箸さばきがクロウトはだしである。

彼らが二手に分かれてつくってくれた料理を食べ、どちらがおいしいか判定を下す。その前に試食会があった。下の方でアシスタントさんたちが、小皿に分けた今回の料理を運んでくる。それをメンバーはすごい勢いで食べ始めた。モニターを見ていてくれたテツオによると、私も顔つきを変え、スピードを上げて食べ始めたという。スマップのメンバーはお弁当も食べるけれど、この試食を夕食替わりにするんだそうだ。

キムタクもシンゴ君もクサナギ君もナカイ君もイナガキ君も本気で食べる。私ももものも言わずに傍で食べる。いかにも若者らしい食欲がとても気持ちよかった。それを見ていると、スマップをこんなに近くで見て、一緒にご飯食べている幸福が、じわじわとわいてくる私である。

ま、キムタクが揚げてくれたトンカツを食べた女というのは、世の中でそう何人もいないでしょう。

北京の三大テノール

週末を利用し、北京に三大テノールを聞きに行くことになった。いろんな人から尋ねられる。

「北京で、高いお金出して三大テノール聞く人って、いったいどんな人？」

私もそれを知りたいために出かけるようなものである。

今回私を誘ってくれたのは、某エンターテイメント系会社の社長A氏であるが、彼は台湾のやはりエンターテイメントの帝王ともいえるB氏ととても仲がいい。このB氏は映画のプロデュースも幾つか手がけていて、あの名作といわれる台湾の映画もこの方がつくったものだ。今度の三大テノールも、裏でB氏が仕掛けているらしい。

日本はいつも間《はざま》に立って、あっちに気を遣い、こっちに気を遣ううち、世界の笑い物になっているのであるが、文化の面では中国と台湾はとっくに仲よくしているのである。

夕方ホテルのロビーに、十人ほどが集まった。今夜はB氏のご招待で北京ダックを食べに行くのだ。そこで顔を合わせたのは、B氏と親しいアジアから集まった人たちである。シンガポール、台湾の、ニューリッチというのであろうか、まだ若くて見るからにお金持ちのご夫妻だ。明日はニューヨークから到着するカップルもいる。リュウキ君という台湾のキムタクといわれる人気スターも一緒だ。みんな英語がすごくうまい。けれども酔ってくると北京語で話し始めた。

北京の人の話によると、ちょっとなまっているけれども、ちゃんとした北京語だという。

「台湾の人が北京に来たら、すぐに気づきますか」

と問うたところ、

「服装からは全く区別がつかない。少し話し始めれば気づくかもしれないけれど」

ということだ。北京に来るのはこれで四回目であるが、来るたびに目を見張る。女の子の服装など、やや野暮ったいところはあるものの、日本の女の子とほとんど変わりない。

さてその日は北京ダックをたらふく食べ、早めに眠りについた。好奇心の強いA氏が、

「ハヤシさん、明日は早起きして王府井《ワンフーチン》に朝ごはんを食べに行こうよ」

と誘ってくれているのだ。王府井は東京で言えば銀座、北京いちの繁華街である。油《ユー》条《ティアオ》と豆乳の屋台で朝ごはんを、などという私たちの郷愁はすぐに破られる。両側はシ

ヨッピングアーケードになっていて、目につくのはマクドナルドとケンタッキーフライドチキンだ。が、饅頭のお店を見つけて入った。十元、約百三十円で小ぶりの肉饅頭が九個とお粥《かゆ》がつく。ダイエット中にもかかわらずみんな食べてしまった。

台湾の方たちの天安門広場見物につき合った後は、モンゴル料理でお昼となる。株の投資家をしているというシンガポールから来たご夫妻のおごりだ。いつのまにか私たちの一行に、若い女性が加わっている。肩をむき出しの流行のワンピースに、ルイ・ヴィトンのバッグを持ったモデル風の美女だ。当然台湾の人かと思ったところ、北京の女性と聞いて驚いた。女優さんでもモデルさんでもなく、ふつうの女性だという。

「ふつうの中国の女の人が、どうしてルイ・ヴィトンのバッグ持ってんのかしら」

私のつぶやきが聞こえたわけではないだろうが、同行の男性が説明してくれる。香港ドルを中国に持ってくる会計事務所を経営しているんだそうだ。

ふーん、もう中国は私の想像を超えている。今度の三大テノールにしても、二〇〇八年のオリンピック招致を狙ってのことらしい。世界中に中国はこれだけお金と力があります。これだけ文化的なことに熱心だとアピールするためだという。

国家的プロジェクトであるから、夕方になると天安門のあたりはすべて車輌規制となる。軍隊と警察が数メートルおきに立った。

今夜はB氏のご招待ということでチケットをいただく。のけぞった。邦価にして二十二万円という金額である。北京の庶民の年収だという。どんな人がやってくるのか、いよいよ疑問は深まるばかりだ。

八時の開演を前に六時からのカクテルパーティーが始まった。が、まわりにいるのはポロシャツ姿のおじさん、短パンのおニイちゃん、そうおしゃれでないワンピース姿の女性と、まるで三大テノールには似合わない人たちだ。親子連れも多く、子どもがあっちこっち走りまわっている。

ニューヨークやシンガポールから来て、最新のイブニングを着た女性を含む私たち一行は完全に浮き上がっているではないか。この光景は「超貴賓席」(VIP席のこと)でも変わりない。私の前の席は、なんとテレビゲーム機を手にしたガキ、いやお子さまである。ところどころタキシード姿やイブニング姿の白人が目につくが、あちらは大使館関係らしい。

「おそらくこの席のチケットは、政府の高官や企業の上の方にばらまかれているんじゃないでしょうか。北京の本当のオペラ好きは、もっと後ろの方、一万円ぐらいの席で見ていると思いますよ」

地元の人がそっとささやいた。やがて日が暮れる。たそがれの空を背にした紫禁城の美しさ。中国ではパバロッティが人気があり、出てくるといちばん拍手が大きい。北京が舞台となるオペラ「トゥーランドット」から「誰も寝てはならぬ」を彼が歌った時は、体がざわざわと揺れるぐらい感動した。

携帯は鳴るわ、歌の途中で席を立つわと、マナーはいまひとつどころかいまふたつの北京の人たちであるが、歌をめいっぱい楽しもうというパワーに溢れていた。熱狂の仕方もすごい。このエネルギーがある限り、オリンピックもきっと成功させるに違いない。

コンサートの後は、人民大会堂でレセプションがあり、中国の三大テノールが歌った。ひとりうまい人がいて、パバロッティがスタンディングオベーションをした。ドミンゴに握手してもらい、「久しぶりだね」と言われた。めいっぱいいい思いをして、北京まで行った甲斐があったというものだ。

二人の女

あれは四年ぐらい前になるであろうか、夜の西麻布を歩いていると、ひときわにぎやかな声が聞こえてくるレストランがあった。

パーティーをしているのがガラス越しに見える。やたら身なりのいい女性たちだ。案内図が貼られていて、

「岡田美里主催・堺正章エイズチャリティパーティー会場」

とあった。これを見て、イヤーな気分になったのを憶えている。

私は昔から、配偶者の力でさらにグレードアップしようとする人が嫌いだ。岡田美里さんは、そういうことをしそうもない賢い女性に見えたのだが、やはり夫の名前にすり寄っていったのだなとがっかりしたっけ。

男の方はご存知ないかもしれないが、岡田さんは女性誌におけるスターのような存在だった。グラビアをしょっちゅう飾っていた。

そこいらの二流タレントではない、毛並みのいいスターを夫に持ち、何不自由のない生活をしている。そしてこれが重要なことであるが、ご本人が美貌とセンスと知性をお持ちだから、女性誌からひっぱりだこになるのである。

お得意の料理や、好きな洋服や、インテリアを披露したり、あるいは表紙のモデルになって、世の中の女性をうっとりさせた。正直言えば、私も憧れたひとりである。

もともとが美人なこともあるけれど、家の中にいるファッションも、こんなに素敵なのね。髪をすっきりブロウし、白いシャツにチノパンツ。そしてさりげなくイタリアンをつくる生活……、ああ、小汚なくせわしないわが暮らしとは何という違いなのかしらん。

しかし今度のことでよおくわかった。女性誌のグラビアに出てくるような会話は、ほとんどが虚構なのね。スマートでカッコいいと思っていた夫婦も、陰でいがみ合ったりしているのか……。

それにしても、ワイドショーや女性週刊誌を中心に始まった「美里叩き」は、かなりお気の毒な気がするが、わからない気がしないでもない。

「毎日宅配便ばかりで、本当にイヤだった」

というあの発言に、多くの女がカチンときたに違いない。

「何よ、今まで亭主のおかげで、さんざんいいめにあってきたでしょう」

それはかつて私が、

「堺正章エイズチャリティパーティー」

という文字を見つけた時と同じ不快さであろう。

ところでこの岡田美里さんとは反対に、田中真紀子さんは女性層にすごい人気だという。しかし私は、

「真紀子さん、頑張って」

「お役人に負けちゃ駄目」

などと言っている人たちを見るにつけ、寒々したものを感じるのである。日本の女の人というのは、そんなに貧しく虐げられた生活をおくってきたのだろうか。真紀子さんは男社会の中にひとり斬り込んでいって、バッサバッサとなぎ倒す正義の味方、などと思っているのだろうか。

私はあの人から、おじさんの嫌な面しか感じないのである。権力志向の強いやたらエバるおじさんが、たまたま女だっただけなのではないか。

私はこの人が記者会見の時に、部下の差し出した資料をぱっと払いのけ、

「こんなバカみたいなもの、見てられないわよッ」

と言った時から、真紀子さんをとうてい受け入れることが出来ないと思った。そして今度の沖縄婦女暴行事件に関しては、

「(早く結論を出すように) お尻を叩いている最中です」ときた。これは非常に失礼な言い方ではなかろうか。外務省の官僚というよりも、仕事を持つ男の人のプライドを配慮しないものだと思う。

海外で知り合った外務省の方から、エアメールを貰った。

「あの人の言い方は、『女房が起こしてくれなかったから、寝坊したんです』って言ってるようなものだと思います」

うまい言い方だなあと笑ってしまった。

まあ、人には好き嫌いがあるから、真紀子ファンがいても全く差しつかえない。しかしテレビで、

「あの人は庶民の味方だから」

と言っているおばさんを見ると、ちょっと一緒に目白の豪邸見に行きませんか、と誘いたくなってくる。

大物政治家の娘として生まれ育ち、「総理大臣の娘」としての体験もした。「お嬢さま、お嬢さま」とかしずかれ、人に頭を下げたことなど一度もなかっただろう。ＯＬの経験をちょっとでもしていたら、人をあのように叱れないはずだ。

とにかく私は、人前で立場の弱い人をガミガミ叱る人が大嫌いなのである。

真紀子人気というのは、一時期のサッチー人気と似ていやしないだろうか。私のまわ

りでも、

「あの人、ズバズバいろんなことを言ってくれるから面白い」

と言っていた女性がいたものだ。

ふつう女性が思ったことを何でも口に出来る、という立場になるには、

①年齢
②地位
③お金
④地位の高い夫

のいずれかを手に入れなくてはならない。年をとった女性がすごいことを口にしても、みな笑って許してくれるものだ。瀬戸内寂聴先生などは、①、②、③とあるうえに宗教的ありがたみをお持ちだから、怖いものなんか何もない。先日おめにかかったら、

「もう年とった汚ない男はイヤ。大嫌い」

とおっしゃり、同席していた七十五歳の男性はうつむいていたっけ。

サッチーは④があった。真紀子さんはまだ若く、親の遺してくれた財産を維持するのが大変らしいが、②は突出しているのだ。しかし女もエラくなると、男と同じことをする、なんて悲しいではないか。トップの地位に立った女が、エレガントにしたたかに男たちを手中に収めていく。そんなことは不可能なのだろうか。

おばさん

デパートでとても腹の立つことがあった。対応が悪い、なんていうものじゃない。間違ったサイズのものを押しつけようとした揚句、

「お客さんがモノを知らないから、教えてやったんだ」

という態度なのである。

その時は他に客がいたこともあり、ぐっとこらえた。私は、

「責任者を呼べ」

という人が大嫌いなのであるが、それが言えなかったため、その夜は眠れないぐらい口惜しかった。その場できちんと抗議することをせず、すごすごと引き下がった自分をこれほど情けないと思ったことはない。

私は意を決して、次の日そのデパートに電話をかけた。もちろん「ハヤシマリコ」などとは名乗らない。

「渋谷区のトーゴーと申しますけどもね」

と、かなり理性を持って喋ったつもり。デパートの方はさっそく真相を究明してくれ、店員の非礼と間違いをわびた。

ところがこのことを夫に話したところ、

「キミもおばさんになったよなあ……」

としみじみと言われたのである。

「昔はどんなことでも耐えてたじゃないか。そんな風にデパートのお客さま係に電話をするなんて、本当におばさんになったよなあ……」

あら、そうかしらとかなり嫌な気分になった。私はあくまでも正義の下に戦ったつもりであるが、この正しいことをしている、という感覚が既におばさんなのかもしれない。

夫の次に、この話をした女友だちも、

「それを言うなら、私もおばさんだわ」

と、こんな話をしてくれた。

私も気になって仕方なかったのであるが、時々新幹線のアナウンスで、たどたどしい若い女性の声が聞こえる時がある。甘ったれた、でれーっとした幼い声だ。その幼稚さをよしとし、何ら努力をしない若い女性のあの声。私はあれを聞くたびに背筋が寒くなる。

が、私の友人は行動に出た。

「通りかかった車掌さんに、『この声、何とかならないんですか』って怒鳴ったのよ」

「ひえーっ、それで車掌さん、何て言ったの」

「『本当にそうですよね、すいません』って謝ったの」

言ってみるもんだね、という結論になった。毅然としたおばさんの抗議により、あの声が無くなるとしたらとてもいいことではないだろうか。

ところで、デパートに電話した四日後、うちの水道が壊れてしまった。突然赤い水が出てきたのである。おかげでこの暑いのに、お風呂に入れなくなってしまった。二日間入れないのはかなりつらい。よほどホテルに泊まろうかと思ったぐらいだ。

が、私にあるアイデアがひらめいた。

「そうだ、今日は私はホテルへ行くんじゃないか」

ホテルで講演することになり、休憩所としてスウィートルームを用意してくださった。松花堂弁当と飲み物を運んでくれて、

「時間まで、ごゆっくりどうぞ」

ということである。時間を見る。時計を見ると、講演の時間まで一時間あった。すごい勢いでお弁当を食べ、ウーロン茶をぐびぐび飲んだ。そしてバスルームに駆け込んで、バスタブにお湯を張った。

本当ならばシャワーにすべきであるが、私はバスに入らないと、キレイになった気がしないのである。このバスタブ信仰もおばさんの特徴らしいが、まあ、そんなことはどうでもいい。

これ以上急いだことはないというほど、猛スピードでお風呂に入り、髪を洗った。そしてドライヤーで乾かす。ホテルのバスタオルは、ふわふわしていてとても気持ちがよい。そして化粧をし、髪も整え、ジャスト一時間。迎えの人がノックした時は、スッキリと上気した顔の私がいたはずである。

「でも、これって、すごくおばさんくさいと思わない？」

と友人に尋ねたところ、

「ズバリそのものだよ」

と笑われた。

私はかなり忙しいおばさんであるのは確からしい。

近くの交番に勤めていた警察官の人が、代々木署勤務になった。時々寄ってくださるのだが、その人から頼まれた。

「ハヤシさん、うちの署で『青年警察官意見発表会』というのがあるんですが、その審査員をしてくれませんかね。お金は出せませんけど、明日を担う警察官のためにぜひ」

なんか面白そうである。交番の方にはよくパトロールしてもらっているうえに、このあいだはうちの防犯装置が誤作動して、パトカーが二台飛んでくる騒ぎがあった。あちら方面の方々には頭が上がらないのである。

「ハヤシさん、お迎えはパトカーがいいですか。それとも自家用車がいいですか」

「もちろんパトカーですよ」

と即座に答えたものの不安になる。うちからパトカーに乗り込んだら、近所の人はどう思うだろう。クスリやるにしては年をくっているし、脱税やるほど儲かってないしと、あれこれ想像されるかしら。こんな私の不安がわかったのか、当日は自家用車ということになった。

代々木署の講堂（といっても会議室程度の広さ）へ行き席につくと、六人の警察官の人たちが次々と壇上にのぼった。

「私の選んだ道」などといった題名で次々と意見を述べる。背筋をぴしっと伸ばし、まっすぐに前を見て大きな声を出す。「青年の主張」がなくなって以来、これほど清々しい若者を見たのは初めてだ。最近の警察官の人たちはほとんど大卒であるが、六人のうち二人は大学院を出て他の職業に就いていたという。けれども製薬会社に勤めていたある警察官の、パソコンを打つ日常に失望し人と出会える警察官という職業を選んだ、という言葉に、本当に私は感動した。

殉職もある。苦労の割にはお給料もそんなに高くないらしい。酔っぱらいにからまれ、ちょっとハメをはずせばマスコミに叩かれる。けれども正義や人のために生きることを、ちゃんと信じている人がいるのだ。

「今の若い人も捨てたもんじゃないわね」私のこんな言い方もおばさんっぽいかもしれないな。

仲間意識

新潮社のナカセさんから電話がかかってきた。

「知ってます？　ハヤシさん『ツキ女』説（本人はもっと下品な言い方をした）というのが流れてるんですよ」

私は驚いた。三十分前に帰っていった別の編集者からも、全く同じことを言われたばかりだからである。

「ハヤシさんの担当になると、必ず編集長になれるんですよね」

今年になってから、私の担当者の中で五人の編集長が誕生した。みんな若い。しかも必ずしも、エリートコースを通ってきたという人ばかりではないのだ。

私のエッセイにもよく出てくるトミちゃんと出会ったのは、今から十七年前のことになる。彼女は取材にやってきたフリーライターであった。最新のファッション雑誌で仕事をしているのに、ニュートラのお嬢さんっぽい格好で、

「こういう世界にいるのに、地味な人だな」

と思った記憶がある。初対面からやたら気が合い、どうしてこんなに考えることが似ているんだろうとあれこれ話をしたら、同い齢、しかも本屋の娘であるということがわかった。本屋の娘、といってもこちらは田舎の小さな本屋、あちらは世田谷の老舗《しにせ》の大書店である。しかし根本はよく似ていて、どちらも商売人の娘であるから、気をやたら遣う。払いたがり屋のところまでそっくりだ。二人で食事をしたり、お茶を飲んだりすると、どちらが先に伝票をつかむかということですごい争奪戦になった。うっかりトイレに行くとその隙に払ったりするので、気が気ではない。

私はずうっと女友だちというのはそういうものだと思っていたので、後で知り合った人たちにえらい目に遭うことになる。とにかくこの世に、伝票などというものは存在しないと思っているような女性ばかりだったからである。

ま、そんなことはどうでもいいが、私はトミちゃんと長い青春、本当に仲よく過ごした。何度も海外旅行へ一緒に行き、土、日はどちらかの部屋でご飯を食べた。十年前に私が結婚した時には、彼女に花嫁の付き添い人になってもらったのであるが、同じ年、彼女は仕事ぶりが認められ、マガジンハウスの正社員になった。

「ついては、マリちゃんに入社の保証人になってもらえないかしら」

「いいわよ、だけど条件があるよ」

　私は彼女の目を見て、おごそかに言った。

「社内で、男性関係のゴタゴタを起こさないって約束してね」

　このジョークを彼女はとても気に入ったらしく、社内報の自己紹介に書いたぐらいだ。

　彼女は実力とその人柄とで、ぐんぐん頭角を現し、「ブルータス」副編集長、「Ｈａｎａｋｏ」編集長ときて、先頃「アンアン」編集長に就任した。日本の女性誌を代表する雑誌のトップになったのである。

　実はこの私、長いことこの雑誌にエッセイを書かせてもらっている。若い人向けのファッション雑誌ゆえに、そろそろ辞めさせてもらおうと思っていたのであるが、大切な友の編集長就任に伴い、老骨にムチうってもう少し頑張ることにした。

　他の三人の新編集長も、別の会社から移ってきたり、フリーでライターをしていた人である。出版社というのは、生え抜きの社員だけを大切にする「純血主義」のところもあるにはあるが、とにかく編集者個人に魅力と才能がなくては話にならない。最近は外部出身で上にのぼっていく人が増えているような気がする。

　しかし何といっても、いちばん驚いたのは、電話をかけてきたかのナカセさん自身が「新潮45」の編集長になったことだ。漫才の「大助花子」の花子そっくりで、「神楽坂のペコちゃん」と呼ばれている彼女は三十代半ばでまだ若く、数々の逸話の持ち主である。失礼ながら、わりとふっくらしているのにスモック状のものを着ることが多く、髪をおさげにしている。編集長になっても、あのおさげは相変わらずなのだろうかと、いらぬ心配をしてしまう私だ。

とはいっても、キレイごとのように聞こえるかもしれないけれど、作家にとって編集者が出世するか、しないか、などというのは全く興味のないことである。よく知っている人が編集長になるのは好ましいけれども、ただそれだけのことだ。

「この人は出世しそうだ」

という尺度を持って、編集者とつき合う物書きはまずいないと断言してもいい。正直言えばこの私とて、エラい人とはそれなりに仲よくしたい方なのであるが、肩書きをすぐに忘れてしまうタチだ。

ある出版社の方々が、時々団体でいらっしゃる。誰かが部長で、誰かが局長なのだが、みんな同じぐらいの年だし、みんなちょっとエラそうだ。

私は若い担当編集者にこっそり尋ねた。

「ねえ、あの中で誰がいちばんエラいの」

彼は言った。

「答えをいいましょう。誰もエラくはないんです」

なかなかウィットにとんだ答えではないか。このあいだそこの出版社のパーティーがあり、挨拶をした人がいたのでその方がいちばんエラいとわかったが……。

ところで外務省の汚職問題などで、テレビや雑誌で「ノンキャリア」という言葉を使う。それは仕方ないとしても、一般の人々まで「ノンキャリ」「ノンキャリ」と省略してよく口にするようになったのであるが、私はああいうのが大嫌い。

「キャリア」「ノンキャリア」というのは、その世界だけの隠語のようなもので、外部の人たちが得意気に言うものではないと思う。出版の世界をよく知らない人が、私に向かい、

「あの作家って売れてないんでしょう。○○賞も落ちたしさ、出版社にも評判が悪いんだってね」

などと言う時があって、私はムカッとする。そういうカゲロは、私ら内々の者がこっそりと言うべきなのである。「面白くない」とか、「嫌い」というのならわかるが、外部の人が、知ったような口をきくって、本当にイヤ。特に見下したようなことを言われると腹が立つ。これは確かに仲間意識というものであろう。こんなヤクザな世界であるが、そういうもんはちゃんとある。

この暑いのに

私と電話で話をした人は、一様にこう尋ねる。

「あれ、ハヤシさん、風邪ひいてるの」

そう、声がかすれ声になって、もう一カ月以上たとうとしている。週に一度の声楽のレッスンもずっとお休みしていて、もしかして私の歌手生命（？）も、これで終りかなと心配になってくる今日この頃だ。

すべては冷房のせいである。夏が来るたびに書いているのであるが、私は冷房が大の苦手だ。タクシーに乗るとまず、

「冷房を弱くしてください」

と言うぐらいである。

そこへいくと、夫は異常な暑がりで、大の冷房好きときている。彼の理想は、

「十七度ぐらいにぎんぎんに冷やして、布団をかぶって眠る」

ことなのだそうだ。

空気を入れ替えようと、朝、すべての窓を網戸にして開け放しておくと、ものすごい見幕で怒られた。

「蚊が入ってくるじゃないか！」

「どうして冷房を入れないんだ！」

あまりの言い方に、私はすっかり呆れてしまった。

「ちょっと、そう言うけどね、クーラーなんてついこのあいだまで無かったもんなんだよ。子どもの時、あなたはどうやって夏をすごしていたんですか」

「中学生の時には、うちにはもうあったわい」

と夫。五十二歳の人間であるが、東京は早くからクーラーが普及していたらしい。そこへいくと田舎育ちの私が、クーラーのある家に初めて住むことが出来たのは、確か三十近くなってからだ。やっとマンションと名乗るところに住めたからである。

だから私は、暑いのぐらい我慢しなくてはいけないと思うのだが、夫はこのところ猛暑続きのため、性格がさらに悪く怒りっぽくなってきた。ここで議論を始めるとえらい騒ぎになってくる。私は黙って耐えることにしよう。

寝る前にクーラーをこっそり消せばそれで済むことだしね。

しかしテキもさるもの、眠っていると思いきや、無意識のうちにリモコンでつけるらしい。気づくと私は消す。が、朝になるとクーラーがついている、という状態がこのところずっと続いているのだ。

「夏だけ別居ってどうかしら」

たまりかねて私は提案した。別居といっても、違う部屋で寝てくれということなのである。

話は変わるようであるが、わが家のオープンパーティーの時、いろんな方を招待した。こういう時は隅から隅までお見せするのがきまりである。寝室へも案内したところ、異口同音に、

「ベッドが二つ並んであった」

と驚かれた。よほど仲が悪いと思われているのか、それとも作家は独立した寝室を持つものという先入観があるせいだろうか。

私は何人か先輩の家にお邪魔したことがあるが、女性作家はやはり配偶者とは別の部屋にベッドを置いてあった。夜中の執筆活動にさしつかえるということなのだろうか。

しかしうちの夫は、相変わらずこの部屋を出ていかない。そしてクーラーを勝手につけた、早く消してと夫婦喧嘩が絶えないのである。

ところで昨夜のこと、湯島の鳥なべ屋さんに出かけた。「巨牛の会」という、焼き肉を中心にB級グルメを食べようという食いしん坊の会だ。その鳥なべ屋さんは「B級」

などといったら叱られそうな由緒ある店だ。古い木造の二階屋で、窓に手すりという懐かしいつくりである。私は人を待つ間、ここにもたれて「お蔦」ごっこをした。歌舞伎の「一本刀土俵入《いっぽんがたなどひょういり》」の真似である。

遅れてやってくる友人を、二階の手すりから眺め声をかけた。

「取的《とりてき》さん、どうしたんだい。お腹が空いてるのかい？」

あの有名なシーンを再現したくなってきたのである。

さてこの鳥なべ屋さんは、おいしいことで有名であるが、古い建物ゆえにクーラーがないというネックを持っている。しかも私たちの前に、カンカンにおこした炭火が置かれる。冷房のないところで、たっぷりの炭火。ひとときの灼熱地獄が始まった。

なんという暑さなんだろう。クーラーがないうえに、この炭火なんだからねえ……と思わず愚痴る私である。

人サマには迷惑だったかもしれないが、ノースリーブを着てきてよかった。幹事役の若い男の子は、うちからウチワとタオルを持ってきてくれたぐらいだ。

しかしおいしいおいしいシャモの肉が運ばれてくる。

ああ、幸せと顔をあげたとたん、窓からホテルのネオンが目に入った。ここは湯島の有名なラブホテル街なのだ。しかしそれにしても、よりによってどうして人の出入りの激しい鳥なべ屋の正面に、ラブホテルの玄関をつくったんだろうか、窓から下を覗き込むと、ちょうど若いカップルが入るところで、私たちは「わーい」と冷やかした。

「私らでもびっくりすることがありますよ」

と、おかみさんは言う。

「見てますとね、毎週八十歳ぐらいの男の方と、六十歳ぐらいの女の方が入っていかれるんですよ。お帰りになるのは別々だから、おそらくご夫婦じゃなくて、愛人関係なんだと思いますよ」

「まあ、なんていいお話なんでしょう」

私と、一緒にいた女友だちが同時に叫んだ。

「じゃ、私たちにもまだこれから先、ずっと希望があるわけよね」

やがて鳥なべを食べた私たちは、ご馳走さまでしたと外に出た。私はふざけて男友だちの腕にからみつく。鳥なべ屋の正面は、ラブホテルの玄関先でもある。見ていた友人たちが、キャッキャッ笑う。その時、ホテルの玄関から出てきた本物のカップルがいた。若い女性と、脂ぎった中年男性だ。

「こんな暑い時に、何て元気な人なんでしょう」

私は賞賛の目で見つめたのに、おじさんは恥ずかしそうに、そそくさと通り過ぎていった。

宝塚の後で

今日は待ちに待った「ベルばら」の日である。

このあいだ星組の「オスカルとアンドレ」バージョンを観たのであるが、今回は宙組の「フェルゼンとマリー・アントワネット」バージョンだ。

先月のこと、京都で大人気のお茶屋バー「えん」の〝ぼん〟から電話がかかってきた。

「うちに、よく来る宝塚のコが、切符を取ってくれることになったから一緒に行きましょうよ。サイモンさんも誘っておいてね」

柴門ふみさんは元来出不精な人なのであるが、「ベルばら」と聞いて二つ返事で承知した。

さて、待ち合わせの場所でお茶を飲んでいると、上品な女性が近づいてきた。

「今日は娘のために、わざわざありがとうございます」

ぼんの友だちの、タカラジェンヌA子さんのお母さまだったのである。

「これはＡ子から預かってまいりました切符でございます。なにしろ下っ端なもので、あんまりいいお席はとれなかったんですけども」

お土産までつけてくださったのに、どうしても代金を受けとってくれない。

「いったいどうしたらいいのかしら」

とサイモンさんと顔を見合わせた。

「お芝居の後、お食事をすることになっているけど、そこでご馳走すればいいかなあ」

と私が尋ねると、

「そこは私の友だちがご馳走するって言ってるよ」

とぼん。

「お花でも送ろうか」

とサイモンさん。

「だけど宝塚の若い人だと、上の方に気を遣ってかえって迷惑かも」

宝塚のしきたりを知らない三人は、あれこれ思案する。

「私、今日〝オリジナル・マリコ・ストラップ〟を持ってきたんだ。文春文庫で応募すると抽選でもらえるやつ。今、レアもので人気なんだよ」

ご存知でしょうか、私の描いた自画像のイラストが、最近ストラップになっているのだ。

「切符のお礼としちゃささやかだけど、これをあげればいいかしらん」

「じゃ、私、似顔絵を描くわ」

とサイモンさん。

「その宝塚のコの似顔絵を一生懸命描くから」

私のストラップはいざしらず、これなら相手の宝塚のお嬢さんも、どんなに喜ぶことだろう。

さて「ベルサイユのばら２００１」はとてもよかった。トップの男役和央《わお》ようかさんと、花總《はなふさ》まりさんのコンビの美しさ。

スウェーデンの貴族と、フランス王妃との道ならぬ恋。牢獄のアントワネットを救い出そうと、フェルゼンは命を賭けてしのび込む。しかし彼女は高らかに言うのだ。

「この私をフランスの王妃として立派に死なせて下さい」

このあたりから涙腺がゆるくなったが、フィナーレとなるともういけない。大階段から世にも美しく華やかなトップ二人が降りてくると、感動の涙がぽろぽろと落ちてくる。

隣りに座っているぼんも、しきりに目を拭っている。

「本当によかったわよね。和央さんって本当にキレイ！」

宝塚を観たことがない人に、この素晴らしさを伝えてもわかってはもらえまい。が、とにかく私たちは目に星を宿したまま、イタリアンレストランへと向かったのである。

そこでぼんの友だちの男性、今日私たちを招待してくれたA子さん、その友だちのB子さんがやってきた。対談以外で宝塚の方とお会いするのは初めてである。ましてや食事となるとかなり緊張した。

なにしろこの二人がすごい美形なのである。A子さんは娘役、B子さんは男役で、二人それぞれ違った美貌だ。宝塚の人だから美人はあたり前だろうというかもしれないが、近くで見ると肌の美しさ、瞳の大きさというのはため息が出るようである。下品な言葉で言うと〝超マブ〟というやつだろうか。

A子さんはやや小柄でお人形のように愛らしく、B子さんの方は男役らしく長身で、今風のシャープな顔立ちである。

「ねえ、ねえ、トップの人はやさしくしてくれる？」

「出ていく時、ドレスを間違えたりしない？」

「やっぱりタニマチのおばさんっているんでしょう」

私とサイモンさんは、さっそく二人を質問ぜめにする。しかしこの二人、宝塚の新世代という感じで、やたらクールで面白いのである。

「ねえ、ねえ、宝塚音楽学校って、入るのむずかしかったんでしょう。すごい倍率なんでしょう」

私が問うと、

「そうでもないですよ。このところ倍率は落ちてるんですよ」

と、A子さんが意外なことを言う。

「はっきり言って、今の若いコ、こういう厳しいところはイヤなんじゃないですか。今ならもっとてっとり早く、芸能界へ入る道ありますからね」

「私から見てても、男役ってよくわかんない。時々ナニー、これー？　って思う時があるわ」

というのは、他ならぬ男役のB子さんである。

そんなことないわよと私は力説した。

「今日、男役の人たちが燕尾服着て大階段で踊るシーンがあったでしょう。本当の男に、ああいう色気は出せないのよ。男役っていうのはね、本物の男からいろんな不純物を濾《ろ》過《か》したものなのよ。だから本当に美しいのよッ」

どうして私が、現役の宝塚の人にこんな説明しなくちゃいけないんだ。私の傍では、サイモンさんがA子さんの手帳に、彼女の似顔絵をせっせと描いている。本当にいい人だ。それにしてもタカラジェンヌと個人的に仲よくなるのが、かねてよりの私の願いだったが、お金かかりそう、敷居が高そうと全く別の世界だと思っていたが、得意分野でこんな方法もあったんだな。

恨んじゃうよ

月末が近づくにつれ、次第に元気を失くしていく私である。なぜならば、月刊誌の小説の〆切りが月末に重なるのだ。これに小説誌の〆切りが加わるともう目もあてられない状況になる。

週刊誌のエッセイや対談をこなしながら、長い小説の世界に入っていくというのは、気持ちの切り替えが大変だ。私はこういう時、かなり編集者を恨んでしまう。

「今、忙しいからもう半年待って、って言ってるのに、ヒトに連載を押しつけて」

「もう、不定期ってことで小説をひき受けたのに、これじゃ確実に隔月の連載と同じじゃん。私を騙したのね……。ぶつぶつぶつ」

筆が進まない深夜などは、編集者の顔をあれこれ思い出しては腹を立てていた。

この頃私は、ほとんどといっていいぐらい編集者の人とつき合わない。あらたまった感じで、

「うちの編集長とたまにはお食事を……」

ということになれば、必ず新連載の話である。若い時と違って、編集者とお酒やカラオケをして遊ぶトシでもない。従ってごく親しい人を除いて、編集者の人たちとは疎遠になっている。

が、久しぶりに二人の編集者とごはんを食べようということになった。そこで聞く最近の出版社の悲しい現実。それは私の想像以上のものであった。

「ハヤシさん、今は直木賞とった作家だって、本で食べていける人なんて少ないんですよ」

「バブルがはじけて、地方紙やPR誌の仕事も無くなった。それで連載が無くなって困っている作家はいっぱいいるんです」

ここだけの話ですけどと、某作家の名を挙げた。流行作家とはいえないまでも、かなり知名度はある人だ。

「あの人には、もう出版社の担当編集者がつかないんですよ」

「えー、どうして」

「だって作家とおつき合いすると、いろいろお金もかかるし、いずれ本も出さなきゃいけない。だけど売れない本を出したくないから、どこも担当者をつけないんじゃないですか」

とにかく本が売れなくなっている上に、ブック・オフが追い打ちをかける。老舗の出版社で、倒産がささやかれているところはひとつやふたつではない……という話が続いた。

「五年後、出版業界なんてもんはあるのかしらねぇ……」

私が問うと、

「わかりませんよ」

という答えだ。

「ひえー、そんなの困るよー。うちのローンはまだ十五年残っているよー」

真青になる私である。

帰りはよほど地下鉄にしようと思ったのであるが、夜遅いのでタクシーにしていろいろ考えた。もはや我々の業界は存亡の危機にあるらしい。明日をも知れぬ運命のようだ。

私は二つのことを決めた。ひとつは、

「節約を心がける」

もうひとつは、

「連載を嫌がる、などというのはとんでもない話で、これからは有難くさせていただく」

というものだ。

私はこのところ、新しく出来たあるチャイニーズレストランの、北京ダックにすっかりハマってしまった。会食に誘われ、

「ハヤシさんの好きなところを指定してください」

と言われると、そこの店を指名し、

「とにかく北京ダックを注文してください。それもロール二本ずつね」

とお願いする。先週はなんと三回も行ってお店の人からも、

「よく飽きませんね」

と呆れられたぐらいだ。ご馳走していただくこともあるが、たいていは私が人を誘うから私が払う。

「あの北京ダックだけで、今月はいったいいくら遣っただろうか」

おおいに反省した。恥ずかしながら、私は自分の事務所の帳簿を見たこともない。月に一度、税理士さんから大まかな報告を受けるのだが、細かい支出はどうなっているのかまるで把握していないのだ。

私は次の日の朝、ハタケヤマに言った。

「ねぇ、うちの出ていくお金、どうなっているか見たいんだけど」

「はい、はい、いつでも見られますよ」

彼女はかなり馬鹿にしたように言う。時々思い出したように見せろと言うくせに、一

度も見たことがないのを知っているからだ。

午後になってから、ある小説誌の担当編集者が編集長と一緒にやってきた。

「ハヤシさん、うちの連作小説、あと五十枚か六十枚ください。そうしたら一冊の本になりますから」

「はい、はい、すぐに書きますよ」

「それから、このシリーズが終ったら、何か新しいこと始めてくれませんかね」

「はい、喜んでさせていただきます」

「ハヤシさん、どうしたんですか！」

彼女は信じられないものを見るように、私の顔を眺めた。

「いつものハヤシさんじゃないですよ」

「いやあー、昨日はめげちゃってさあー」

私は編集者との会話を告げた。

「もおねぇ、お仕事があるうちが華。私も明日はどうなるかわからないと思うとね、これからは心を入れ替えることにしたんですよ」

「なんていい時に来たんでしょう」

二人は笑い出した。

「その心がけを忘れないでくださいよ」

そして私は殊勝にも机の前に座った。けれども書けないものは書けない。五年後に食べられなくなるかもしれない、というのもつらいけれど、今、一行も書けないというのもかなりつらいものだ。

「こんな時、あの北京ダックが食べたいなあ……」

しみじみと思う。しかし節約すると誓ったばかりである。私は変わる。一生懸命に仕事をして、とにかくお金を貯める。そしてローンを一日も早く返すのだ。

「そんなことせこせこ考えるより、面白いもん書いてベストセラー出すことを考えた方が早いんじゃないですかねぇ」

編集者って、やっぱりかなり意地が悪い人たちだ。恨んじゃうよ。

見るに見かねて

夏休み実家に帰った折、私は母にさんざん夫のワルクチを言った。いかにうるさく小言をいうか。ガミガミ私を叱ってばかりいるか……。

しかし母はこう言うではないか。

「でもあちらの気持ちもよくわかるよ。私もマリコのすることなすこと、もう見ちゃいられないもの」

とにかく愚図で要領が悪く、見ていると苛々してくるというのである。

うちでは喧嘩はたいてい週末に起きる。パートで家事を手伝ってくれる人が、土日に休むからだ。キッチンも居間も半日にして散らかる。自分でもあんまりだと思うので、何とか片づけようと思うのだがうまく出来ない。

食器を洗い、そこらのものをしかるべきところに放り込み、拭き掃除をする。

が、なんかやっぱり汚ない。しかしする前に比べればずっとマシである。今日はこのくらいで勘弁してもらおうと思っているところに夫が帰ってくる。

「何て汚ないんだ、ひどいじゃないか」

と怒る。

「でもさっきまではもっとひどかったんだよ。私がここまでにしたんだよ」

私の反論には耳を貸さず、全く見ちゃいられないと、夫はホウキとチリトリを持ってくる。さっさと掃く。あーら、不思議。あたりは魔法のように綺麗になったではないか。

「ほら、このくらいのことがどうして出来ないんだよ」

私に似てだらしない夫であるが、片づけに関しては私よりはるかにうまい。

「そんなことはない。キミが異常にダメなんだ」

と夫はまた叱る。

以前からよく言っていることであるが、私は片づけが異様にヘタだ。ホテルや旅館に一泊すると、

「一日でこれだけ汚なくすることが出来るだろうか」

とわれながら感心するぐらいである。

人にあまり非難されるので、なんとかキレイにしようと努力する。いやいやながら雑巾を手にとり、あちこちを拭いたりする。が、時間ばかりかかって、ほとんど変わりないのだ。

田舎には、私の母が、

「家事の天才」

と絶賛する従姉がいる。彼女はしょっちゅう実家に来てくれて、うちの母とお喋りをしながら、台所をピカピカにしていく。わずかな間に障子を貼り替え、冷蔵庫の中を片づけ消毒して帰っていく。その早さといったら、おとぎ話の小人さんを見ているようだ。

世の中にはこういう人もいるし、私のように台所の流しを片づけるだけで半日かかるような人間もいる。

しかしうまくしたもので、私のような人間には必ず、

「見ちゃいられない」

と助けてくれる人が現れるのである。

大学へ入ってすぐ、学生下宿に住んでいた。夏休みになり、明日から一カ月山梨へ帰るという日の夜、私はスイカを食べた。ふつうならこれを片づけて帰るところであるが、何を思ったか私は食べっぱなしにして帰郷したのである。他にも雑誌や洋服を足の踏み場もないぐらい散らかしていたと記憶している。

それからしばらくして東京に台風が来た。一階の私の部屋の窓に、すごい風と雨があたったらしい。大丈夫だろうかと鍵を開けて入った下宿の女主人は、あまりの惨状に驚いた。

「見てられなかったので、掃除しておきましたよ」

とピカピカにしてくれたのである。

それから何回も住むところを変えたが、どこもひどかった。ある年、成城のあるおうちの二階を借りることになり引越しをした。この時、中学校からの親友A子ちゃんが手伝ってくれたのであるが、彼女もあまりのことに絶句した。

さすがに下着はなかったが、私は汚れたりクリーニングしていない洋服を、段ボールや紙袋につっ込んでおいたのだ。見るに見かねて、彼女はそれから二晩も泊まってくれた。

下の大家さんの洗たく機を借り、私の着るものをせっせと洗ってくれた。そして部屋にロープを張り、洗たくものをずらーっと干してくれたのである。

これには余談があり、A子の甲斐甲斐しさ、気配りに大家さんはいたく感激した。

「なんていいお嬢さんなんでしょう」

ということで、その場で見合い話を持ってきたのである。私は四年間ここに住んだが、最後までそんなことはなかった。

チェッ。

まあ、そんなことはどうでもいいとして、私のようにのろまで整とん能力のない人間は、今までこうした人たちにどれほど助けられてきたことだろうか。

みんなで海外旅行へ行く。すると必ずといっていいほど、最後の夜に私はパニックにおちいる。荷物が増えて、どうしてもスーツケースのふたが閉まらないのだ。寝巻き姿で夜遅くまでスーツケースと格闘している私に、トントンと愛のノック。

「パッキング手伝ってあげようか。私、得意だから」

彼女は私の買った、何足かの靴の箱を捨て、むき出しにする。丸めておいた洋服をすべてきちんと四角く畳む。すると奇跡のように、スーツケースには隙間ができてすんなりと鍵がかかるのである。

最近マスコミは、異様に部屋が汚ない若い女性が増えていると報じているが、私はその先駆者だったのかもしれない。

今は夫という共同生活者もいて、手伝ってくれる人もいるから、まあ、散らかすといっても限度がある。が、昔は本当にひどかった。ミカンの皮、新聞、食べかけの袋菓子などが層をなし、フローリングの床が見えなかった。麻布の結構しゃれたマンションは、ていたが、あれは一種の精神のトラブルだったんだろうか。当時は、

「見るに見かねて」

という人は誰もいなかった。なぜならば、誰も寄せつけなかったので、誰も私の部屋を見ていなかったからである。私はうちに帰ると、孤独でゴミに包まれていた。

「見るに見かねて」

という人が現れる分だけ、今はまだマシな状況というものなんだよね。

会話が出来ない

冷房でやられた声が、二カ月たっても治らない。

おかげで声楽のレッスンも中止している。暮れにはディナーショーへの出演も決まっているのに、練習が少しも出来ないのだ。

この頃朝晩めっきり涼しくなり、夫がこっそりと寝室の冷房をつける、ということもなくなった。それなのにかすれた声はずうっと続いている。

「セクシーでいいよ」

などと言ってくれる人もいて、そのうち治るだろうと呑気に構えていたのであるが、少しも好転のきざしを見せないのだ。もしかすると悪い病気かもしれないと、紹介してもらった耳鼻咽喉科へ行った。扁桃腺が真赤に腫れているという。

「声を使うことが多い方に、よく起こります。〝沈黙は金〟というけれど、出来るだけ黙っていてくださいね」

タクシーではなく地下鉄で帰る。タクシーだと運転手さんに道順を教えなくてはならないものね。

電車に揺られていると、ついこのあいだ読んだばかりの小説を思い出した。芥川賞をもらった作家の短篇集の中に、声帯を失った男の物語が出てくる。その中で声帯は性器のようなもので、声を発するのは確かに快楽のひとつだ、というようなことが書いてあったっけ。

声が出なくなる、というのはどういうことなんだろうか。私のようなお喋りにとって、話せなくなるということはもの凄い変化をもたらすだろう。おそらく思考もまるっきり違うものになるはずだ。もしかすると、かつて私がどんなに背伸びしても出来なかったこと、

「深く思索する」

ということが可能になるかもしれない。書くものも、なんぼかマシになるだろう、とはいうものの、やはり喋れないのはつらいだろうなあ。人魚姫もそのために王子さまを失うんだしなあと、私はロマンティックなことを考える。

私はなかなかいい声をしていた。いや、過去形にすることもないけれど、歌ったりすると、結構いい声をしていると思う。地声もすごく特徴があるらしい。というのは、最近大変な確率で、タクシーの運転手さんから、

「ハヤシマリコさんでしょう」

と声をかけられるからである。すぐに声でわかったという。さすが接客のプロである。ハスキー、早口、舌足らず、という特徴を持っているそうだ。

「今、風邪ひいてて、かすれ声だけどそれでもわかりますか」

と問うたところ、

「わかる、わかる、一発でわかったよ。オレたち運転手は、耳でお客さんを見てるんだもん」

という答えだ。

こういう方々ほどではないが、私も声で相手を判断することがある。講演やシンポジウムなどの依頼も、感じの悪いキンキン声だったり、芸能プロダクション特有のいやに明るいおじさんの声だったら、ただちに断わることにしている。声というのは、その人の品性、教養、心ばえ、すべてが表れるものなのだから。

そんな私が、もう世の中変わったんだなァとつくづく感じたのは、浜崎あゆみさんの登場である。媚《こ》びているわけでも、ツッぱっているわけでもない。かったるそう、つまんなそうでもあるが、不機嫌ということでもない。いい年をした女性が、自分のことを「あゆ」と呼ぶのには抵抗があるが、あれも個性といえばいえないこともない。

「ハヤシさん、何言ってるんですか」

若い友人が言った。

「〝あゆ〟って自分のことを呼ぶのが、すごく新鮮でいいんですよ。なんか新しい習慣っていう感じ」

ふうーん、このあたりが少しもわからない。新しい習慣だと。わからないといえば、最近確実に日本語が通じなくなっている。同じ日本人同士でだ。私はかなり不安を感じているのである。

それも「日本語なんかどうだっていいじゃん」と言い出しそうな、ガングロ姉ちゃんや金髪の青年ではない。ごくふつうのまじめそうなコと、最近日本語が通じないのである。

ホテルのコーヒーハウスで、コーヒーを頼む。高いコーヒーであるから、

「もう一杯いかがですか」

とウエイターがポットを差し出してくれる。

「結構です」

と私は答える。四年ぐらい前まで、そう言ったらひき下がってくれた。ところが今では、カップにじゃあじゃあコーヒーをつがれるのだ。

「結構です」

を、

「結構なお日柄ですね」

「結構なお手前ですね」

と、あっちの方の「結構です」と間違えるのだ。結構というのはウエイターの年の人にしてみれば、ファンタスティック、ビューティフルと同義語なのである。

「コーヒーいかがですか」

という問いかけに私が答えた、

「結構です」

は、ノーサンキューではなく、

「ま、素敵、いいじゃない」

という賛辞ととられるようになったのだ。

五月になったばかりの日、老舗のある店に柏餅を買いに行った。綺麗できびきびした店員さんに、ショーケースの向こうから声をかけられた。

「いらっしゃいませ。何にいたしますか」

「十個入りの柏餅を」

「小豆《あずき》と味噌がございますけど」

「じゃ、小豆六ケと、味噌を四ケの詰め合わせにしてください」

「いえ、小豆と味噌があるんです」

「だから、小豆を六ケに味噌を四ケ」

「でも、小豆と味噌があるんです」

　というやりとりをかなり長く続けた。

　そしてやっと気づいた、小豆の十ケ入りの箱と、味噌の箱とがあるということらしい。どうして最初に、

「柏餅は、十個入りの箱ですと、小豆と味噌がございます。混ぜてご入用でしたら、バラ売りになりますが……」

　と言ってくれないのか。

　言葉が出るからって、理解出来るもんじゃないしなと、私はトローチをなめながら考える。

風の盆

前から行きたくて、行きたくてたまらなかったところがある。

それは富山県八尾《やつお》の「風の盆」である。胡弓と三味線の音にのって、あみ笠姿の男と女が踊る祭りだ。

何度かテレビのドキュメントで見たことがあるのだが、町ごとに連が組まれ、芸が伝承されていく。胡弓の音と、伸びる男の歌声は哀しくせつなげで、女たちは黄泉《よみ》の国から現れたように静かに踊り、静かに消え去っていくのだ。

私は最近やたら流行っている、若い人たちがロック風に踊る「よさこい」がどうも苦手だ。まるで外来種の植物のように勢力を伸ばしているけれど、日本古来の踊りは、やがてあのパワーにとって代わられるのではないかと心配している。

そういう私にとって、「風の盆」はなんとも好ましい。

今年の春、富山に講演に行ったついでに、八尾の町を見てからますます憧れがつのるようになった。八尾は山がすぐ近くに迫っている、古い美しい町である。ここで見る祭りはどんなに素敵かしらん……。

富山の人が言うには、最近金沢の方に宿をとってみんな見にくるそうだ。金沢から車をとばせば一時間だという。

金沢と聞いてしめた、と思った。私はここが大好きでしょっちゅう遊びに行った時期があった。知り合いも何人かいる。その一人、加賀友禅作家の水野さんに相談したところ、

「八尾に知り合いがいて、そこのおうちを開放してくださるということです」

という電話があった。

こうなると行動がすばやい私である。さっそく東京の友人の中から行きたい人を募り、五人のグループを結成した。金沢のホテルを予約し、夜中の二時まで八尾に待機してくれるワゴンタクシーを頼んだ。春のことである。

九月の「風の盆」が来るのが、どれほど待ち遠しかったろうか。髙橋治さんの『風の盆恋歌』を再読する。一九八五年に書かれたこの小説によって、ひなびた山間の小さな祭りは、全国的に知られることになったのだ。この頃はブームが過熱し、

「ものすごい人出です。あんなに人が多いと、ちょっと問題ありやねえ」

と水野さんは意外にも批判的だ。

金沢でお昼ごはんをすませた後、昼の一時半に出発した。三時からは交通規制があり、車はいっさい町の中に入っていけなくなってしまうのである。

八尾の町のやや離れたところに、私たちがお邪魔するおうちがあった。金沢大学の先生のご実家だという。先生が案内してくれる。

「まずは八尾の町を歩きながら、『昼流し』を見に行きましょう」

「流し」というのは、町ごとで踊る連のことである。少し歩いていくと、特徴ある胡弓の音が聞こえてくる。若い女性が七人、男性が五人ぐらいだろうか。そこに三味線、胡弓、歌う男性が従く。

甘いもの哀しい歌声に、顔が全く見えないあみ笠の女と男が、妙にマッチしている。すんでのところで、私は涙が出てきそうになった。こちらの心を揺さぶり、わさわさと左右に倒すような音楽と踊りなのである。

「本当に素敵ですね。来てよかった！」

ところが夕方から、まるでＳＦ映画のエキストラのように、人が増えてくるのである。五千数百人の人口の町に、その夜やってきたのはなんと十二万人の観光客であった。こうなるともう、飽和状態である。道は歩けないし、大変な数設置してある公衆トイレも長蛇の列である。私たちのように、休み場所のおうちを借りている人など本当に幸運で、大半の人が道端に座ってお弁当を拡げている。

「十年前までは、本当に静かなお祭りだったんですけど、この二、三年の人の多さは異常です」

と地元の人もおっしゃる。

あまりの人の多さに危険を感じて、踊りの人たちも出てこなくなった。が、「風の盆」の本当のよさは、午前一時を過ぎてからだという。観光客が帰った後、町の人たちが自分たちの楽しみのために、またひっそりと踊り出すというのだ。

私は辛抱強く待つことにする。そのうちに輪踊りが始まった。これは誰でも参加出来る踊りだ。私も先生の後について踊り始めた。

稲刈り、稲をくくる、投げる、といった農作業の動作を取り入れた踊りは、単純なようでいてなかなかむずかしい。藤間流名取りと威張っていたけれど、どうもぎくしゃくしてしまった。しかし楽しいぞ、これは。夢中で踊る。

そんなことをしているうちに、夜中の十二時も過ぎ、四百台来ていた観光バスも次々と出発していく。町のあちこちでまた胡弓の音が聞こえ始めた。昼間と違い、女性たちは笠を脱いでいる。今どきの子だから、ほとんどが茶髪である。三味線をひいている男の子はピアスをしている。

浴衣を着ていて、夜目のせいもあるだろうが、このあたりの少年少女はみんな器量よしである。特に女の子の色の白いのにはびっくりする。が、いくら可愛い子が多いといっても、この踊りは笠をかぶっている方がずっといい。うつむき加減で踊るので、女の人のうなじが目に入ってくる。若い女の子の、うぶ毛の光る綺麗なうなじである。髙橋治さんは、

「どことなくつきつめたものを漂わせていて、見る者にある爽やかさを感じさせる」

と表現しているがそのとおりだ。男の人も笠をかぶると、やたらセクシーで男っぽい。男の場合は顎のあたりが強調されるのである。

「着物に笠って、日本人がいちばん似合う格好かもしれない」

と、一緒に行った友人がつぶやいていた。結局午前二時まで八尾の町を歩いた。金沢のホテルに帰り、ベッドに横たわっても、三味線と胡弓の音がずうっと私につきまとっていた。気が遠くなるような混み様であったが、私の記憶の中で、「風の盆」の踊りは人のいない暗い町中を進んでいく。

階段と戦争

二十一世紀の始まり、今年二〇〇一年というのは、本当に不思議な年であった。

靖国参拝問題や教科書問題が大論議されたかと思うと、映画「パール・ハーバー」が話題になった。城山三郎さんがお書きになった特攻隊員の本がベストセラーになったのも、今年の夏のことだ。

戦後五十六年もたって、もうみんな戦争のことなど忘れている。大半の人は関心もないだろうと思っていたのであるが、実はそうでなかった。

つい先週、福島の会津若松へ行った。ここは白虎隊で有名なところである。今でもかつての長州、今の山口県の人が大嫌いと聞いていたが、しゃれのようなものだろうと思っていた。いくら何でも維新から百三十年たっているのである。

ところが向こうで会った方々は、みんな、

「やっぱり自分の子どもが、山口の人と結婚するとなると、困りますよねえ」

と異口同音におっしゃる。

萩市の市長が会津若松と友好関係を結ぼうとし、何度かはねつけられた。山口県知事が初めて福島を公式訪問したのは昨年のことだという。日本人のメンタリティは全国どこでも平均化されていると思っていた私にとって、かなり意外な話であった。

さて、ニューヨークのテロについて、いろんな人がいろんなことを書いていると思うけれども、まだ信じられないというのが私の感想だ。あのビルの展望台に上がったこともあるというのに、なんだか記憶の中で形も高さもぼんやりとしてくる。

もうメンバーもかなり替わっていると思うけれども、災難に遭った銀行の方々と、ニューヨークのレストランでお食事をしたことがある。

「ハヤシさん、うちの職場にいらしてくださいよ。ニューヨークがずうっと一望出来て、そりゃあ素晴らしいですよ」

とおっしゃってくれた方もいる。

明け方近くまでニュースを見ていたら、その銀行の方々は全員無事に避難したということで、ほっと胸をなでおろした。

日本企業は元気がないと言われて久しいけれども、ああした名所的ビルに大きな銀行が幾つも支店を構え、たくさんの人が働いているのだとしみじみと思う。

あの大きな高いビルが、ガラガラと短い間に崩れてしまうというのは、本当に現実のことと思えないのである。なんか手の込んだ映画の仕掛けを見せられたような気がする。

私の母は真夜中にテレビをつけ、

「へえー、こんな時間に洋画をやっているんだ」

と本気で思ったという。今日も喫茶店で、若い男が二人、

「本当に『ダイ・ハード』そのものだよな」

と興奮して喋っているのを聞いた。私も映画の一シーンを見ているようで、あんな悲惨なことが実際に起こったなどとはまだ信じられない。

ただこんなことを言うのは、不謹慎かもしれないが、階段に対する恐怖だけはじわじわとわいてくる。

何度か書いているけれども、階段を下りるというのは、私の中で恐くイヤなことの三位ぐらいになっている。上るのはそうイヤではないが、下りるのがおっかないのだ。

地方の空港に着いて、人の大きな流れの中を歩いていく。エスカレーターがあるところならいいけれども、階段のところはもう駄目だ。近づくにつれ緊張のあまり、足がもつれそうになる。いちばん左に立ち、手すりにいちばん近い位置を確保する。そろそろと下りていく。まわりの客たちは、リズムを崩していく私を見て、

「何やってんだよ、この女」

という風に通りすぎていく。

こういう私にとって、九十階の階段を下りていくという行為は、鳥肌が立つようなことである。しかも死の恐怖と戦いながら必死で下りていくわけだ。私のような階段恐怖症の者にとっては、想像するだにおっかないことである。

ずうっと昔、フリーのコピーライターとして、サンシャイン60の職場に勤めていた。避難訓練で四十七階から下りていった時のことを憶えている。膝ががくがくし、下を見て気が遠くなりそうになった。

新聞記事を読むと、年配の人や疲れた人は、途中でしゃがみ込んでいたという。どんなにつらく怖かっただろうかと、私はこれに関してだけは皮膚がざわざわと騒ぐのである。

いまさまざまな映像が流れているのであるが、いちばん心にしみたのは二人の消防士が、じっと崩壊したビルを眺めている光景である。一声も発しない。ただ多くの仲間の命を奪ったビルの方を、じっと眺めているシーンを見た時、初めて瞼《まぶた》が熱くなった。

「やっぱり、あのことは本当に起こったんだ……」

ひょっとすると、第三次世界大戦になるかもしれないという人がいる。来月フランスへ行く予定があるが、

「外国へ行くのはやめた方がいいですよ。各主要空港で、テロが起こる可能性は充分にありますからね」

と忠告された。

私は友人のことを思い出した。彼はしょっちゅう海外へ行く仕事をしている。会うたびに私にこう言う。

「日本がまだ経済大国だなんて思ってるの、日本人だけだよ。どこの国へ行ったってね、日本なんてもう鼻もひっかけてもらえないよ」

今度のことでそれがよおくわかった。ブッシュ大統領がすぐ頼りにしたのは、やはりヨーロッパの国々で、アジアでは中国である。日本はずうっと後まわしにされ、

「何かお手伝いしましょうか」

という申し出には、

「間に合ってますから」

とけんもホロロという感じである。あれを見て、日本というのは本当に二流国なんだなあと、つくづく思い知らされた。が、おちぶれた二流国はそれなりにいいことがある。もうミエを張ることもないのだ。どんなことがあっても、戦争は嫌だと逃げることが出来るのだと私は思う。

テロとアサカワの母

どこへ行っても、ニューヨークでのテロと、それにまつわるアメリカ進軍の話ばかりである。

少なくとも私のまわりでは、アメリカに対して不安と反感を持つ人は多い。

あんな悲惨なテロをやられて気持ちはわかるけれども、ちょっと待ってくれよという思いだ。世界中が戦争に巻き込まれるかもしれないきっかけを、こんなに単純につくられていいのか。

「ブッシュ大統領が、日に日にカウボーイ顔になっていく」

と指摘する友人もいる。インディアンにやられた、報復だ、と叫ぶカウボーイそっくりだというのだ。

実は私も、アメリカのやり方に強い違和感をおぼえる一人だ。そしてそんな自分に驚き、かなり悲しい気分になる。いつのまにか私は、日本人でいることにウヌボれ、かなり勘違いをしていた。

近代国家、豊かな国の国民の一人として、アメリカの言うことは何でも理解出来、彼らといつも同じ視点に立っていると思っていた。何だかよくわからん宗教を信じている人たちを指さして、

「ああいう人、イヤね、なんかヘンだよね」

と頷き合う仲間だと思っていたのである。ところがどうだろう、最近になって、

「やっぱりあちらは白人の考え方だ」

という思いが日いち日と強くなっていく。そしてそれがとても淋しく悲しい。子どもの頃から慕ってはついていった年上の友人が、自分には到底理解し得ないものを持っているとわかったような気分だ。

おとといのこと、アメリカからの帰国子女である女性編集者とお茶を飲んでいたら、彼女がしみじみと言った。

「こんな風に、のんびりとコーヒーを飲めるのも、今のうちだけかもしれませんよ。もうちょっとしたら、ああ、そんな日もあったっけって懐かしく思い出すかもしれませんね」

それはちょっとわかるような気がするね、と私は言った。

「私、お笑いバラエティとか、シロウトの女の子が出てきて、アホさ加減を競い合う、

なんていう番組、ふだんは見たことないのよ。だけどこの頃はチャンネルまわしてる。まだこういう番組が流れている限り、大丈夫って」

「ホント。ニュース番組ばっかり何日も続いた後、ああいう番組が復活した時は嬉しかったですねえ」

ところでこの大ニュースに隠れて、見過ごされてしまったことが幾つかある。狂牛病の話など、本来ならトップニュースになるはずだったろう。外務省の汚職問題も、この一週間影が薄い。

しかし私は、どうしても言いたいことがある。汚職問題をちゃんと追及しろ、ということではない。報道のあり方に根本的な間違いがあるということをだ。

ニューヨークのテロが起こる前まで、私の知り合いの間では、

「アサカワのお母さん、見た？」

という話題で盛り上がった。アサカワというのは、「外務省三悪人」のひとり、浅川課長補佐とかいうさえないおじさんである。いかにもいかがわしく、ふてぶてしい風貌で、すっかり日本の悪役とされてしまった男だ。

そこまではいいとしても、許せないのはテレビのスタッフが彼の故郷を訪ねるニュース番組だ。浅川容疑者は、私と同じ山梨県出身である。韮崎《にらさき》といって、甲府の先、中田英寿選手と同じ出身地だ。ここに浅川容疑者のお母さんがひとりで暮らしている。もう

年齢的に考えて八十近いのではないだろうか。現代の日本ではかなり珍しい、すっかり腰の曲がった老婆だ。厳しい農作業がしのばれる。四十五度に曲がった腰にモンペ、日本手拭いを頭に巻いて田畑をよろよろ歩いていく姿は、若い人にかなりのショックを与えたようだ。

「まだ日本にも、ああいう人がいたんですね」

ＴＢＳ「ブロードキャスター」のスタッフは、この母親にインタビューを取りに行く。逮捕を知る前であるから母はこう言う（ちなみにかなりきつい甲州弁だ）。

「息子はそんな人間じゃねえよ」

「何かの間違いだよ」

母親ならば当然こう答える。

が、すでに浅川容疑者は逮捕されていた。スタッフは小躍りしたい気分になったろう。さっそく逮捕のニュースが載った新聞を母親に見せている。

腹が立って途中でテレビを切ってしまった。

あの浅川おじさんも、かつて故郷では英雄視されたことだろう。高卒で一応外務省の中枢へ入っていけたわけだ。その傲《おご》りが彼を悪事にかりたてたのであるが、あんな腰の曲がった年寄りに、息子逮捕の記事が載った新聞の記事を突然見せつけ、狼狽し泣き悲しむところを映そうとするイヤらしさ、傲慢さ。弱い人間にショッキングなものをつきつけ、その反応でテレビ番組をつくろうというアホさ加減。

あのテレビを見ていたほとんどの人間が、不快でたまらなかったと言う。本当にテレビって、こういうことをするからよくないよ。良心的なニュース番組のふりをして、やっていることは最低だと私は局に投書しようかと思ったぐらいだ。

ところが文字の世界でも、同時に似たことが起きていた。今月の「新潮45」で、有名なノンフィクション作家が、買春した高裁判事の生いたちを故郷に探っている。まず彼の家に取材に行き、老いた母を狼狽させ泣かす。その後、高校時代の教師を訪問する。教師はあの事件の犯人が、自慢の出世した教え子だと聞き、それこそ仰天する。作家は彼の悪事を何も知らない人たちにわざわざ教えに行くのである。彼の撒いたタネは田舎ですごい勢いではびこっていくことであろう。彼の家族はどうなるのか。

故郷は本人の聖地じゃないか。人を殺したわけでもないじゃんと私は思う。泥棒したわけでもない。ふとしたスケベ心に、とんでもないものがひっかかったということだ。破廉恥にはそれなりの裁かれ方があるだろうに。

テロの大きなニュースの陰に、こういうマスコミの傲慢さがいつのまにかあたり前になっていくのは怖い。小さいけれど人間の心の暗黒は、こういうところにもはびこっていくのだ。

耳鼻咽喉科

一向に好転のきざしを見せない私の声である。

先日お世話になった先生が紹介状を書いてくださって、某大病院の耳鼻咽喉科へ出かけた。ここはクラシックの歌手の人たちがやってくる、声の専門科だという。

まず発音を調べるということで、個室に入り、「アイウエオ」や長く続く「イー」を声に出した。それを機械に通してディスプレイで見ていくのである。

「これも読んでください」

とコピーを渡された。『葉っぱのフレディ』の一部分である。笑い出したくなるのをじっとこらえながら読んだ。昼日中、こんな風に『葉っぱのフレディ』を朗読する私って、いったい何だろう。が、そうは思いつつ、つい気を入れて読んでしまうのが私の悪い癖である。高校時代、アナウンス部に所属していた私は、NHKのコンクールに出るべく、日々修業を積んだ。「アナウンス読本」も空で言える部分がある。

物語の文章をつきつけられ、ついそれっぽく読んでしまうのは、もはや私の習性といってもいい。抑揚をつけかなりしっかりと読んだ。が、途中からある大きな不安が私の胸をよぎる。

「あの、この後声帯をカメラに撮るそうですけど、痛いでしょうか。私、飲み込むのがダメなんです。小さい時は丸薬を吐いちゃうようなコでしたから……」

「大丈夫」

まだ若い医療士さんは言った。

「鼻の先から入れて声帯を見ます」

さらに驚きおののく私。私は喉の奥深くモノを入れられるのが大嫌い。胃カメラを呑む時は、一カ月前から眠れなくなるほどだ。しかし、鼻はどうなんだろうか。いいはずがない。

「でも麻酔をちょっと使いますから、ラクですよ」

その言葉どおり診てくださった先生は、すぐに、私の鼻穴の奥に管を入れた。シュッシュッという麻酔の音。二十分ほどで切れるレベルの麻酔であるが、やはり緊張する。やがて私の鼻の奥、ずうっと奥で何かが始まった気配なのである。しゅるしゅると、マイクロカメラが入っていくのがわかった。そしてモニターには、私の声帯が映し出されている。

先生はおっしゃった。

「ハヤシさんは、この声帯にペンダコみたいなのが出来てますよ。声を使い過ぎましたね」

モニターでは、私の声帯がパクパクしている。生まれて初めて見た私の声帯。赤くぬめぬめとしていて、伸びたり縮んだりしている。私はこれほど卑猥な形をしたものを見たことがなかった。とにかくイヤらしい色と形をしているのである。

つい先日、みんなで会った時もこの話になった。

「声帯ってすごくエッチっぽいからびっくりしちゃうよね」

と言ったところ、プロの音楽家が何人かいた席のためもあるのだが、みんなもそうだ、そうだと言い始めた。

「ポラを見せられた時はびっくりしたよなあ。こんなもん、人前で見せていいのかよーって。これはワイセツ物陳列罪じゃないのかってね」

声帯って本当にそんな感じなのである。

まあ、とにかく私は治療を受けることになった。毎日決まった時間にかなり強い薬を飲み、スプレーをシュッシュッする。そうしているうち、耳がおかしくなってきた。まるで飛行機に乗っている時のように、詰まってきたのである。ものを喋っていても声がふがふがと、頭の中で響く。

「強い薬って聞いていますけれど、副作用じゃないでしょうか」

と先生にお尋ねしたところ、

「そんな話は聞いたことがない」

とおっしゃった。念のために耳専門の先生をよんでくださる。いろいろ調べた結果こうおっしゃった。

「今から耳を洗浄します」

薬を耳の穴から入れ、最後は水のバキュームで外から吸い出すのだという。

これは鼻の穴よりもずっとマシのような気がする。マシどころか、かなり気持ちよかった。温かい湯が耳の中を通っていく心地よさ。

「気分悪くならないですか」

と何度も聞かれた。嫌な人は本当に嫌なんだろう。

しかし私は違う。私は筋金入りの耳かきフェチで、一日に二回はいじくりまわす。使い込んだ竹製の耳かきは、今や手放せないものになっている……。

「そういうのがいけないんですよ」

と先生。私の耳の中は、長年の耳掃除のおかげでひっかき傷だらけだという。

「カサブタを無理にはいでいく耳掃除は絶対にやめてください」

月に一度もすれば充分だという。

月イチなんて、あまりにも少ないではないか。

そんなことで、この私が我慢出来るだろうか。いや、出来そうもない。

外国へ行く時、私は必ず耳かきを持っていく。知らない国の部屋に着き、まずすることはバスタブに湯を張り、そして耳掃除をすることだ。そうしてやっと落ち着くことが出来る。

あの耳かきを使っちゃいけないって!? いったいどうすればいいんだ、ささやかな私の楽しみまで奪おうとするのか。

しかしお医者さん相手にゴネることも出来ない。

「とにかく耳掃除は月に一度で充分ですからね」

私はこの二、三日ベッドに入ると、ヤクが切れた患者のように心が震える。

「手を伸ばしちゃいけない。絶対あれに触れてはいけない」

チェストに手を伸ばし、耳かきを取り出そうとする心と、必死に戦っているのである。

耳鼻咽喉科というところへ初めて行ったが、いろいろと面白いところであった。赤くイヤらしい声帯も見た。お湯で耳の洗浄もやってもらった。吸入器を使っている間、私はじっと目をこらしてポスターを見ていた。耳の断面図が出ていたのだが、それが女性の子宮あたりのところとよく似ていることは驚くばかりだ。耳と下半身とは、かなり深い関係があるのだとつくづく思った私である。

冬の思い出

思い出というのは、主に夏の記憶によるものではなかったか。

夏休みの午睡から覚めた後のスイカの味、親戚の家に泊まった時の朝焼け、母の白いブラウスなど、子ども時代の記憶というのは、夏に凝縮されているものだと考えていた。

ところがこの冬帰省した私は、しきりに子ども時代のことを思い出していた。まるで心の奥の箱を開けたように、次々といろんなことが飛び出してくるのである。それは私の生まれ育った町が、すっかり変わろうとしていることも大きい。市街化調整と称して、駅前の古い商店街はすべて取り払われ、広い道路がつくられようとしている。久しぶりに故郷の駅に立つと、ダンプカーやシャベルカーが大きな音を立て、砂煙をまきちらしている光景に出くわし私は息を呑む。

たかだか人口三万の町に、噴水、歩道つきの駅前広場が必要なのだろうか。簡素で古い平屋の駅舎でなぜいけないのだろうか、と腹が立つよりも悲しくなってくる私である。

幼なじみの友人たちも、市の愚策をこんな風に語った。

「駅前の道を拡げたって、二百メートル走れば、また元の古い道路にぶつかるんだよ。おかしいよねぇ……」

地方にいくらでも起こっているつまらぬ開発のために、こうして、私の生まれ育った場所は確実に消えていくことになった。そして私は、いくつかのシーンを断片的に淡く思い出すことになるのである。

今年の山梨の冬はことさら寒かった。いや、都会の床暖房の生活に慣れた私に、久しぶりの田舎の冬はこたえたというべきだろう。暖かい居間を出ると、田舎の家の廊下は吐く息が白い。外に洗たく物を干しに行く時は、それこそかけ声をかけて身を起こした。そして私はつくづく思ったのである。

「昔はもっと寒かったはずなのに、いったいどうして暮らしていたんだろう」

が、小学生の私は裸足で雑巾がけをしていた記憶がある。瞬間湯わかし器もまだなかった時代、水も冷たかったはずだ。それなのにつらいとか、嫌だとかそう思わなかったような気がする。

朝起きると、母が私のために湯たんぽからまだ熱い湯を、洗面器に注いでくれる。それで顔を洗った。そして着替えて朝食の膳についた。炊きたてのご飯とおみおつけ、白菜の漬け物が並んでいたはずだ。そして生卵を弟と半分ずつ食べた。子どもの頃からだらしない私は、よく口の両側に卵の黄身をつけて母に叱られたものである。ごしごし手拭いでふいてもらいランドセルをしょって家を出る。行くところは三軒先の同級生の家だ。彼女の名前を大声で呼ぶ。すると彼女も奥の方から出てくる。時計屋をしている彼女の家は、父親が毎朝雑巾でショウウインドウを清めていた。

マリちゃん、これと、彼女はポケットから焼き海苔を取り出す。私に分けてやろうと、朝ごはんの時に出たものを取っておいてくれたのである。

暖房といえば炬燵《こたつ》と火鉢だけだったあの頃、それでも私の冬は清々しくやさしかった。今はすっかりさびれ、消えるばかりの商店街であるが、四十年前は町随一の繁華街であった。人々は自転車で、徒歩でここに訪れた。新春には必ず福引きがあり、賞品がたっぷり用意されていたものである。

「マリコ、さあ、福引きに行っておいで」

と、母は何十枚もの福引き券を私に持たせる。それは本来、うちが客に渡すものであるが、

「煙草と同じぐらい儲からない本に、福引きをつけてやることはないよ。うちで福引きをすればいいよ」

というのが母の言い分だったからである。したがって裏面に「林書房」というハンコをついた券で、私は何度も福引きをした。六つか七つの頃、私はこの福引きで銀色の玉

を出したことがある。二等のオートバイがあたった。それ以来私は、運の強い子どもということになり、よく宝クジをひかされたりしたものである。

やがて正月が終るとドンド焼きがあり、商店街のはずれで、書き初めの習字紙やお飾りを火の中に投げた。この時、桃色や白の団子を焼き、熱いものを頬張ったものである。

一度だけ、親戚の女の子に連れられ、お天神講に行ったことを、今でもはっきりと思い出す。お天神講は当時でも、すでに町中では廃《すた》れていた行事で、農村地帯で行なわれていた。冬の最中、子どもたちが米と味噌を持ち寄り夕食をつくるのである。白米とおみおつけという献立であるが、大量につくるのでそのうまさといったらない。大釜で炊いた米はぴんと立ち、舌が焼けそうなおみおつけは新鮮な野菜が入っていたものだ……。

もちろん、楽しい思い出だけではない。今年も私の故郷は、強いカラッ風が吹いた。まわりの山々の、雪の上を走ってくる風は大層冷たい。びゅーんと大きな音をたてる。今回の帰省でスーパーに行った帰り、思わず小走りになった。途中で仲のいい従姉の家に寄る。

「すごい風だね」

「全くねえ。このカラッ風は本当に嫌だよ」

お姉ちゃん、憶えてる？　と私は言った。

「子どもの頃、よくこの風が吹いたよね。でも昔の商店って、どんなに寒くてもガラス戸を立てたりしなかった。夜の九時まで開けっぱなしだったんだよ。私、学校から帰ってさ、吹きっさらしの家に帰るとすっごくみじめな気になったよ。勤め人の家が本当に羨しかった。どんなに寒いとこ歩いて帰ってきても、家に帰ればぬくぬく暖かいんだもの。そして私、思ったんだ。どんなに貧乏でもいいからサラリーマンと結婚しようって」

「本当だよね――、寒かったね――」

従姉も悲鳴のような声をあげた。

「私だって同じこと考えたよ。絶対にサラリーマンがいいって。だけど今じゃこんなありさまだよ」

従姉は電器店に嫁いでいる。働き者の彼女は、家の中心となってきりきりと動いている。そんな彼女が、私と同じことを考えていたとは驚きだった。

「この私だってさ、女が働くのは絶対にイヤだ。サラリーマンのところへ嫁ごう、って本当に思ってたんだけどねえ……」

世の中ってうまくいかないもんだねと、二人で笑い合った。

私は子どもの頃からの願いがかなって、サラリーマンと結婚することが出来た。商売をしている家だけは嫌だと思い続けていたのは、母や伯母たちの苦労を見てきたせいだろう。小商いをしている家では、女が男よりも働かなくてはならない。客がいようといまいと、朝の八時には店を開ける。シャッターというものは出まわり始めていたけれども、あれは客を拒むものとされていたから、店は開けはなしておく。そして閉めるのは夜の九時だ。

店の奥には火鉢があったけれども、そんなものは何の役にも立ちはしない。とにかく寒かったのである。時たま行くサラリーマンの友人の家は、それこそ別世界に見えた。どんなに外は北風が吹いていようと、うちの中はほかほかと暖かい。お母さんは石油ストーブの前で編物をしている。そして私たちに紅茶を淹れてくれるのだ。そこの家は大層つつましく、お母さんが編んでいるものは内職だと後で聞いたことがあるけれどもそれが何だったろう。私はとにかく、冬になると閉じ籠もることのできる生活に憧れていたのである。

帰り際に私はもう一度駅前に行った。私の育った町は完璧に消えようとしていた。そして私を可愛がってくれた多くの人たちも、もうこの世にはいない。

毎晩のようにお風呂に入れてくれ、夕飯を食べさせてくれた隣りの靴屋のおじさん、おばさん。同級生のお父さんだった花屋のおじさん。時々お菓子をくれた畳屋のおばあさんはとうの昔にいない。困ったことに私の中で、こうした人々は混乱しているのである。

あのおじさんはもう死んでいると思っていたら、元気で自転車に乗っていたり、まだ若いと思っていた人が三年前に亡くなっていたりする。故郷を離れて三十年近く、もう私の中で記憶と現実とがごっちゃになっているようなのだ。けれども私の中で、彼らはすべて中年のまま、幼い私を可愛がってくれる気のいい、商店街のおじさん、おばさんたちなのである。誰が生きていようと、死んでいようと、もはや故郷を離れて生活している私には関係ない。

昨年の秋、八十五歳の私の父が肺炎で死にかけた。医師からもう覚悟してくれと言い渡され、うちでは葬式の準備まで始めたほどだ。幸いにも元気を取り戻したが、その日はもうすぐそこに来ている。

親を失った時、故郷はどういう風に変化するのだろうか。今よりもはるかに遠去かるはずであるが、思い出はさらに美しく透明になるのか。それを知るのはまだこわい。

特別寄稿

この国の子どもたちは

私はこの原稿を引き受けたことを、かなり後悔している。

なぜなら今まで、専門家以外で教育や躾《しつけ》のことを語る芸能人や文化人を、

「まあ、随分自信のある人だなあ」

と眺めていた。みんながみんな、子どもが成人しているわけではない。子育ての最中の人がほとんどだ。現在は親の望むように育っているかもしれないが、そのうちに覚醒剤に手を出したり、悪質な暴力をふるったりと不測の事態が起こるかもしれない。それなのにどうしてあれほど堂々と、

「私は子どもをこんな風に育ててきました」

と胸を張ることが出来るのだろうか。二十代といっても、子どもはまだまだ未完成品ではないのか……。

長年こうした考えを抱いていた私が、

「これからの時代の教育を考える」

というテーマの原稿をお引き受けしたのは、おそらくアメリカでの同時多発テロの映像を見たからに違いない。崩れ落ちるビルと、その直後のアメリカ大統領の演説を聞いた時、ああ、戦争というのはこういう風にして始まるのだなという恐怖を持った。

私たちの子どもが生きていく二十一世紀には、おそらく戦争は起こらないだろう。もし起こったとしても、それは遠い国の出来ごとなのだと根拠もなく信じていた私は、何という楽天家だったのだろうか。私たちの子どもは、豊かで平和な国で生を終えるという考えはもはや幻想に過ぎないらしい。そうなったら話は別だ。

電車や町中で多くの少年少女や若者を見るたび、私はこの国の子どもたちがどうやらあまりよくない方向に行くことを感じていた。彼らの顔つきから、知的なものや真摯《しんし》なものがまるで感じられないのだ。しかしすぐに、次の考えが彼らを肯定しようとする。

「まあ、覇気のない子たちばかりだけど、こういう子たちばっかりなら、戦争を起こすわけでもないから、ま、いいか」

けれどもそれは違うとわかった。戦争というものは、指導者が愚かな民衆を操ることによって起こる。戦争を拒否するためには、実に多大なエネルギーが必要だ。本当に強い意志と行動力を持っている人だけが、平和を持続させることが出来るということを、今回のことで実感した。

そうした視点から見た場合、本当にこの国の子どもは大丈夫なのだろうか。ケイタイをぼんやりと押し続けている間に、国民番号制と同じように、徴兵制が法案化されても気づかないような気がする。

全くどうしてこの国の子どもは、これほど悪くなったのだろうか。あたり前だ。親が悪いからである。またここで私の筆がにぶる。教育を語ることは、自分の親、自分、そして自分の子どもと三代にわたって肯定することに他ならない。こんな素晴らしい親に育てられたから、今日の自分がいる。また自分はこんな理想を掲げて育てたから、なかなかの子どもになっていると。そうした危険をあえて冒して言うけれども、私はやはりよい親を持っていたと思う。私は両親が四十歳の時の子どもであるが、どちらも大正時代の教育を受けた人間である。旧制の女専を出た母は、戦前の女学校の教師をしていたという過去を持ち、昔の教養と美意識とを身につけた人間だ。けれども母親が私に授けてくれたものの中で、いちばん有難いと思っていることは、私が何者でもないということを教えてくれたことである。私が高校を卒業し、東京へ進学する時に母は言った。

「ひとつだけ言っておくけれども、あんたは何も出来ない、何も持っていない人間だよ」

父親がだらしなく、ほとんど家にいつかなかった。女の子ならこう育てよう、ああいう風に躾けようとも思っていたけれども、お金も暇もなく、こんな風になってしまった。

こんな風、というのは、私の勉強嫌い、すべてにおける怠惰さのことである。母はこう続けた。自分は何も出来ない、本当にひどい人間だということを知りなさい。マリちゃんはとてもみっともない家に育ったのよ。こういう家が家庭こういう家庭だと思ったら、マリちゃんは将来とても恥をかく。だから自分で努力して、だと思ったら、こういう家庭をつくりたいと思ったら、いろいろ勉強しなさい。お母さんは、マリちゃんに何も与えてあげることは出来なかったけれども、もしこういう人生をおくりたい、こういうものが欲しいと思ったら、それは頑張って自分で手に入れなさいね……。

とにかく母は、はなむけの言葉として、私は最低の人間であると言い続けたのである。が、当時の私は、こんなことでしゅんとしたり、反省したりするような娘ではなかった。

「お母さんはこんなにひどいことを言うけれども、私は結構いいセンいってると思う。性格も悪くないと思うし、頭も勉強しないだけで本当はいいはずだもの。東京へ行けば、すごいチャンスにめぐりあえるかもしれないし、素敵な人にプロポーズされるかもしれない。とにかく行ってみなくちゃわからないじゃないの」

が、東京での四年間、夢のようなことはいっさい起こらなかった。私は何の取り柄もない地方出身の女子学生として、それなりに楽しい平凡な青春のときを過ごした。

「自分は何も持っていないということを知りなさい」

という母の言葉の意味がはっきりとわかったのは、就職という選別の時である。今よりも十キロ以上太り、見るからに愚鈍な女の子は、なんと数十社からの不採用通知を貰うことになる。世の中から大きく×印をつけられた最初の時だ。が、こんな私でも救いの手を差し伸べようとしてくれた人たちがいた。母の旧《ふる》い友人の中で、相応に出世している人がいて、よかったらうちの会社にと申し出てくれたのだ。けれども母はきっぱりとこう告げた。

「みんな私の娘だから、きっと私に似ているだろうって思っているのね。とんでもない。マリちゃんは私にはまるで似ていないもの。何でも出来て、どこへ行っても誉められた私とはまるで違う。私は昔の友だちを失くしたくないから、就職は勝手にやってね」

こう宣言され、月々の仕送りも絶たれた私は、大都会でかなりの苦労をした。食費にもこと欠いて、日払いのアルバイトに精を出した。が、後になって私はそういう日々をユーモラスに書いたエッセイで、世に出ることになった。

気を遣っても、かなり自慢めいた文章になったが、何を言いたいかというと、母は私を絶対に甘やかさなかったということだ。世間の荒波にもまれるならば、それも仕方ない、という覚悟でいたと思う。そして不思議なことに、どの企業からも拒否され、社会の片隅に場所を与えられなかった私であるが、決して絶望しなかった。社会を恨むこともなかった。もちろん若さという特権によるものもあっただろう。が、私は世の中はそう思いどおりにいくものではないけれども、決して投げ出してはいけないということを母から教えられていたと思う。それは幼い頃から、小さな店を切りまわし、必死で働いている母の姿を見ていたからである。私は今、八十六歳になる母を心から尊敬し、そして畏《おそ》れている。いくら中年になっても、母は私にとってとても怖い存在なのである。

こういう私にとって、現代の「友だちのような親子」というのは、本当に薄気味悪い。友だちというのは、忠告してくれることはあっても、命を賭けて相手を矯《た》めようなどとは思わない。厳しさもなく、楽しさだけを共有する関係から、ああした甘ったれた顔つきの子どもたちが大量生産されている。私が現代の教育にとって、キーワードとなり、絶対に検討しなくてはいけないと考えているのは「個性」と「ゆとり」という二つの言葉である。そもそも個性とは何であろうか。教育書やあるいは学校のパンフレットを読むと、必ず記されている言葉がある。それは「個性を伸ばす」というフレーズである。多くの子どもを見てきた教育の専門家が、注意深くこれを行なうというのならば理解出来る。けれどもひとりかふたりしか子どもを育てない親が、どうして「個性」を見極めることが出来るのだろうか。甘やかし、子どもに迎合し、ちょっとした特徴を過大評価して、「個性を伸ばす」と口にする親の何と多いことであろうか。動物に近い年齢の子どもを、粘り強く躾け、矯正していき、きちんとした人間という型にはめようとする。これは個性を殺すことでも何でもない。何がよくて何がいけないか徹底的に教え込む。そしてしっかりと型取られたものの中から、強い力ではみ出そうとするものが生まれる。

これが個性だ。みずみずしい生まれたての生命力である。これが発生するまで、親は絶対に子どもを甘やかしてはいけないと私は考えている。

またもうひとつの「ゆとり」について、言いたいことは山のようにある。旧文部省の担当者はいろいろなことを口にしているが、結局はいちばん憶えの悪い子どもに合わせて、みんなゆっくりいきましょう、むずかしいことは省きましょう、ということではないか。私はほとほと感心するのであるが、これだけ長いこと日教組に子どもたちを任せ、これだけ子どもたちが悪くなっているのに、よく変革が起こらないということだ。現代の子どもたちの現状を、日教組は必ず為政者のせいにする。政府の方針が、さまざまな問題を招いていると主張するが、主導権は全く絶え間なく彼らの手にあったではないか。またこれに輪をかけて、わが国の文部省の人々というのも、悪しき平等主義から脱け出せないままでいる。

が、親はこうした人たちと戦おうとしない。頭のいい親たちは、子どもの尻を叩いて私立へ進ませる。日教組や役人を変えるよりも、こちらの方がずっと手っ取り早いということを知っているからだ。

が、こういう子どもたちはまだいい。これから苦難の道を辿ることになるのは、普通の親から生まれた普通の子どもたちである。地方に住み公立の学校に通う大多数の子どもたちだ。

岩井俊二監督のいじめを扱った映画『リリイ・シュシュのすべて』を観て、それこそ慄然とした。性を刃《やいば》として、相手の尊厳を徹底的に奪おうとする中学生の姿が描かれている。あまりの残酷さに何度席を立とうとしたことか。けれども監督の話によると、現実はもっとひどく映画には出せないことばかりだったというのだ。

学校ではいつのまにか、子どもたちが心の殺し合いをしている。自分の子どもだけは、そういうバトルに加わって欲しくないという気持ちは、いつのまにか「何々さえしなければ」という、消極的な願望に変わってきた。クスリさえしなければ、売春さえしなければ、自殺しなければ、というマイナスの期待からは何も生まれないだろう。世の中のためになる人間になってほしい。強く正しい人になってほしい。この素朴な思いを、いったいいつ頃から私たちは口にしなくなったのだろうか。強く正しく子どもを育てる。それは親が強く正しく生きることに他ならない。私の母はそうしてきたとはっきりと言う。これほどまでに娘に尊敬されていることが何よりの証である。

初出
カフェテラスの怪　「文學界」１９９６年１月号
異常な愛　「オール讀物」１９９６年８月号
私の『台所太平記』　「オール讀物」１９９９年８月号
老眼　「オール讀物」２０００年11月号
冬の思い出　「オール讀物」２００１年２月号
この国の子どもたちは　「文藝春秋」２００１年12月号
右記以外はすべて
「週刊文春」２０００年11月30日号〜２００１年10月11日号

単行本　『紅一点主義』　２００２年２月　文藝春秋刊

文春文庫

紅《こう》一《いつ》点《てん》主《しゅ》義《ぎ》

定価はカバーに
表示してあります

2005年2月10日　第1刷

著　者　林《はやし》　真《ま》理《り》子《こ》
発行者　庄野音比古
発行所　株式会社 文藝春秋
東京都千代田区紀尾井町3-23　〒102-8008
TEL 03・3265・1211
文藝春秋ホームページ　http://www.bunshun.co.jp
文春ウェブ文庫　http://www.bunshunplaza.com
落丁、乱丁本は、お手数ですが小社営業部宛お送り下さい。送料小社負担でお取替致します。

印刷・凸版印刷　製本・加藤製本
Printed in Japan
ISBN4-16-747626-6

文春文庫

林真理子の本

（　）内は解説者

今夜も思い出し笑い
林真理子

かつてあれほどあこがれたカタカナ職業人種たちの意外な面をたくさん見てしまった。好奇心旺盛な才女が出会った人たちを、繊細な感性で生き生きと描くエッセイ。（田辺聖子）

は-3-1

愛すればこそ・・・・
林真理子

女ひとり生きるには人に言えないこともある。男、仕事、家庭、旅など、日常生活のくさぐさを軽やかな筆致で綴るエッセイ。好評「今夜も思い出し笑い」シリーズ第二弾。（秋元康）

は-3-2

最終便に間に合えば
林真理子

七年ぶりに再会した男女の恋の駆け引きを描く表題作と、「京都まで」の直木賞受賞作品をふくむ充実の短篇集。「エンジェルのペン」「てるてる坊主」「ワイン」の五篇収録。（深田祐介）

は-3-3

美食倶楽部
林真理子

気の合う食い友達と膨大な金と時間をかけて食べ歩くキャリアウーマンの〝極楽人生〟を描くグルメ小説の表題作、短篇「幻の男」と傑作中篇「東京の女性」の三篇収録。（松原隆一郎）

は-3-4

言わなきゃいいのに・・・・
林真理子

何か面白い話があると、つい人に教えたくなってしまう。女三十（？）歳、日常のあれこれから、「私が見たダイアナ妃」まで軽妙な筆と鋭い観察眼で綴るおなじみエッセイ集。（柴門ふみ）

は-3-5

戦争特派員《ウォーコレスポンデント》（上下）
林真理子

ファッション業界に勤める奈々子の平和な日常に現れた梶原。ベトナム戦争の取材体験をもつこの中年ジャーナリストに、彼女は何を求めたのか。渾身の長篇恋愛小説。（川西政明）

は-3-6

文春文庫　最新刊